KB078230

텀블러 장편소설
FUSION FANTASTIC STORY

현대
천마록

현대 천마록 2

텀블러 장편소설

초판 1쇄 찍은 날 § 2016년 7월 27일
초판 1쇄 펴낸 날 § 2016년 8월 3일

지은이 § 텀블러
펴낸이 § 서경석

편집책임 § 최지원

펴낸곳 § 도서출판 청어람
등록번호 § 제387-1999-000006호
등록일자 § 1999. 5. 31
어람번호 § 제1-2495호

주소 § 경기도 부천시 원미구 부일로 483번길 40 서경B/D 3F (우) 14640
전화 § 032-656-4452 팩스 § 032-656-4453
http://www.chungeoram.com
E-mail §chungeorambook@daum.net

ⓒ 텀블러, 2016

ISBN 979-11-04-90914-6 04810
ISBN 979-11-04-90912-2 (세트)

텀블러 장편소설

FUSION FANTASTIC STORY

현대 2
천마록

도서출판 청어람

차례

C O N T E N T S

제1장   레서 드래곤 · 7

제2장   의혹 · 39

제3장   용의 둥지 · 63

제4장   최고의 상관 · 89

제5장   소백산 · 113

제6장   몬스터 연구가 라영일 · 143

제7장   대통령의 밀사 · 171

제8장   소개팅 · 203

제9장   인도네시아의 괴물 · 231

제10장   나쁜 놈이 판치는 세상 · 253

외전   책임 · 297

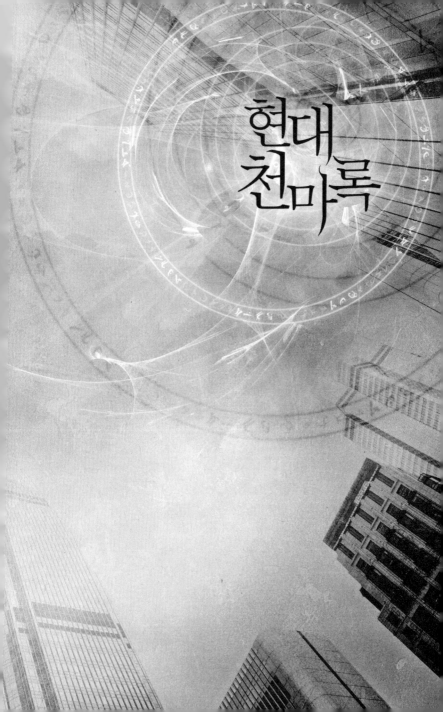

제1장
레서 드래곤

　경북 영주시 북부 소백산 인접 지역에 비상경보가 발령되었다.

　위이이이잉!

　―실제 상황입니다! 주민 여러분께서는 각 가정에 할당된 비상 대피 지역으로 신속히 이동하여 주시기 바랍니다! 다시 한 번 알려드립니다!

　소백산 수복 작전이 벌어지던 도중, 의문의 몬스터 습격으로 영주 북부 지역은 지금 초토화된 상황이다.

　일반 보병 부대와 공병대 등은 최전방에 전선을 구축하고 몬스터들을 막고 있는 중이다.

이 과정에서 민간인 200명과 군인 500명이 사망하였고, 계속해서 사상자가 속출하고 있었다.

수도 방위 사령부 예하 기갑사단이 투입될 예정이지만 아직까지 구원 병력은 도착하지 않고 있는 상황이다.

때문에 지금 소백산 최전방 전선은 악전고투를 면치 못하고 있었다.

피융.

콰앙!

"미확인비행물체가 다시 등장했습니다!"

"…빌어먹을!"

며칠 전부터 파상 공세를 퍼붓고 있는 미확인비행물체의 파괴력은 상상 그 이상이었다.

놈은 창공을 가로지르면서 불덩이에 휩싸인 몬스터들을 낙하시켰는데, 이 과정에서 큰 폭발이 일어나 보병 부대에 막심한 피해를 입혔다.

포병대대에선 놈을 격추시키기 위해 상부에 지대공미사일을 요청했으나 소백산에서 내려온 몬스터들 때문에 보급로가 막혔다.

전투를 총괄하고 있는 지영만 대령은 자신이 취할 수 있는 모든 수단을 동원하여 미확인비행물체를 견제하고 있었다.

"발칸과 대공포를 넓게 펼쳐 대공화망을 구성한다!"

"하지만 지상의 몬스터들이 이미 빈 포진을 장악한 상태입니다! 잘못하면 화망을 모두 다 빼앗길 수도 있습니다!"

"그렇다고 이대로 가만히 앉아 놈의 비행 공격을 맞고만 있자는 소리인가?!"

바로 그때, 야차 중대가 지휘 통제실의 문을 열고 들어섰다.

척!

"충성!"

"오오, 야차 중대!"

"늦어서 죄송합니다. 막사가 불에 타는 바람에 어쩔 수 없었습니다."

"고립 지역에서 이곳까지 오는 데 고생이 많았을 텐데, 몸은 괜찮은가?"

"배가 고픈 것 말고는 괜찮습니다."

"그래, 다행이군."

봉현 터널 수복 작전 이후 전초기지를 세우고 있던 야차 중대는 가장 먼저 몬스터들의 습격을 받았다.

그나마 전용기를 먼저 후방으로 보낸 덕분에 무기와 물자는 무사했으나 그들은 곧바로 고립된 상황에 처하고 말았다.

하지만 그들은 언제나 그랬듯 고립 지역에서 탈출하여 이곳

CP까지 안전하게 도착했다.

지영만 대령은 화수에게 화망 구성에 대한 조언을 구했다.

"지금 사방이 꽉 막혀 화망을 구성하기가 참으로 애매한 상황일세. 어떻게 하는 것이 좋겠나?"

"일단 저희 야차 중대가 선봉에서 포진을 구축하겠습니다. 그 이후에 보병들을 투입하여 사주경계를 취한 후 장비를 옮기는 것이 옳다고 봅니다."

"가능하겠나? 적어도 대대 이상의 병력이 필요한 작전일세."

"할 수 있는 데까지 한번 해보겠습니다."

"그래, 제군들이 도착해서 얼마나 다행인지 모르겠어."

"최선을 다하겠습니다."

그는 30분간 부대정비를 마치고 곧바로 진격할 것을 요청했다.

"부대정비 시간을 좀 주십시오. 배고파서 죽을 것 같습니다."

"아아, 그렇게 하게나. 변변치 않지만 전투식량이라도 괜찮다면 먹게."

"감사합니다."

화수는 야차 중대를 이끌고 보급 담당관을 찾아갔다.

*   *   *

소백산 수복 작전이 고립 전투로 바뀜에 따라서 보급 부대의 일손이 상당히 바빠졌다.

영공권을 빼앗기면서 물자 보급이 수월하지 않게 되었기 때문에 물자를 쪼개고 또 쪼개서 배급해야 하는 상황이었다.

그나마 탄약과 포탄이 충분했기에 망정이지, 그렇지 않았다면 지금까지 버틸 수도 없었을 것이다.

부대 내 병사들의 상태는 상당히 피곤하고 배고프며, 아파도 제대로 치료조차 받지 못하는 상황이었다.

만약 이대로 고립이 며칠만 더 지속된다면 연대 병력은 전부 사망하게 될 것이다.

"사태가 심각합니다."

"…설마하니 이렇게까지 악전고투하게 될 줄이야."

화수는 자신의 역할이 얼마나 더 중요해졌는지 절감했다.

"속전속결이다. 최대한 빨리 보급로를 확보하는 것이 관건이야."

"예, 대장님."

야차 중대는 보급로 확보를 위한 소총수 전용 5.56㎜ 탄환과 지정 사수용 철갑탄, 14㎜ 대물용 저격탄을 수령했다.

토벌 작전 특별 연대 주임 원사 채태진은 야차 중대에게 부대에서 가용할 수 있는 모든 지원을 아끼지 않았다.

"전투식량과 기타 물자입니다. 식량은 넉넉지 않습니다만, 탄약은 얼마든지 챙겨도 좋습니다."

"감사합니다."

며칠 동안 밥을 굶은 부대원들은 적게나마 전투식량을 먹으면서 탄약과 수류탄 등을 보급 받아 챙겼다.

채태진은 마지막으로 화수에게 더 해줄 것이 없는지 물었다.

"필요한 것이 있다면 말씀하십시오. 챙겨 드릴 수 있다면 챙겨 드리겠습니다."

"개인 피복이 엉망인데, 혹시 재보급이 가능하겠습니까?"

"사이즈가 있다면 챙겨 드리겠습니다만, 현재 상황으로선 장담하기 어렵군요."

지금 야차 중대에게 보급할 수 있는 것은 전투화 두 족이 전부였다.

채태진은 야차 중대의 남루한 몰골을 보고서도 자신이 해줄 수 있는 것이 없다며 한탄했다.

"…이럴 줄 알았다면 애초에 보급품을 좀 넉넉히 챙겼어야 하는데, 제 불찰입니다."

"아닙니다. 세상에 이런 말도 안 되는 일이 일어날 줄 누가 알았겠습니까?"

"휴우, 아무튼 무기나 탄약류는 생각보다 많이 남습니다.

필요한 품목이 더 있으신지요?"

황문식이 화수에게 가장 중요한 한 가지를 말해주었다.

"대장님, 걸어서 다시 이동하는 것은 너무 힘듭니다."

"아아, 그렇지!"

화수는 무릎을 쳤다.

"연대에서 사용하는 장갑차 한 대를 지원받고 싶습니다. 해주실 수 있겠습니까?"

"장갑차요?"

"꼭 수륙양용이 아니어도 좋습니다. 기관총좌만 있으면 됩니다."

"아마 연대 수송대에 적당한 물건이 있을 겁니다. 가져다 드리겠습니다."

"감사합니다."

주임 원사가 연대에서 구하지 못하는 물건은 있을 수가 없다.

그는 어디론가 전화를 한 통 했고, 즉시 장갑차 한 대가 공수되어 모습을 드러냈다.

"몇 달 안 된 새 물건이랍니다. 저번 전투에서 무전 시스템이 격파되긴 했습니다만, 적외선센서 등 달릴 것은 다 달렸습니다."

"좋군요."

"더 좋은 물건이 없어서 아쉽긴 합니다만 급한 대로 쓸 만할 겁니다."

황문식 상사는 장갑차를 이리저리 둘러보곤 만족스러운 표정을 지었다.

"이보다 더 좋은 물건이 있을 수 없을 것 같습니다. A급입니다."

"다행이군요."

화수는 채태진 원사에게 경례를 붙였다.

척!

"감사합니다."

"반드시 몸 건강히 돌아오십시오."

"노력하겠습니다."

화수는 장갑차 안에 팀원을 탑승시키고 가운데에 군장과 짐을 모두 실었다.

황문식 상사는 장갑차 운전석에 앉았고, 김재성 중사는 장갑차 기관총좌에 앉아 탄막을 구성할 것이다.

김태하 중사와 두 명의 지정 사수는 창문으로 원거리 적에 대한 관측을 담당할 것이다.

탕탕!

"출발!"

선탑좌석에 앉은 화수가 출발 신호를 보냈고, 그들은 첫 번째 포진인 구 안정역으로 향했다.

부아아아앙!

고가도로 위로 차를 몬 황문식이 안정역으로 들어가는 가장 빠른 길인 선로로 핸들을 돌렸다. 하지만 그곳에는 두꺼운 철벽이 가로막고 있었다.

"국가 재산을 좀 훼손시키겠습니다."

"좋을 대로."

"모두 꽉 잡아라!"

"…이런, 또 시작이군!"

중대원들은 장갑차 안의 손잡이를 꽉 붙들고 어금니를 힘껏 앙다물었다.

"후, 후우!"

특히나 강하나 소위는 눈동자가 사정없이 흔들리고 있었다.

"우리 꼬맹이, 무서워?"

"아, 아닙니다! 아, 안 무서워요!"

"우쭈쭈, 걱정하지 마. 이 언니가 지켜줄게."

잠시 후, 장갑차가 선로 보호용 대형 펜스를 뚫고 그 안으로 돌입해 들어갔다.

부우웅, 콰앙!

"크윽!"

최지하 상사는 강하나 소위의 얼굴을 자신의 가슴팍에 딱 붙였다.

물컹!

"우웁!"

거대한 그녀의 가슴이 강하나 소위가 받을 충격을 모두 흡수해 주었다.

'대, 대단한 탄력!'

강하나 소위는 황문식의 무심함보다 그녀의 엄청난 탄력에 감탄했다.

중대원들은 이 상황이 익숙한 듯 대수롭지 않은 표정이었지만, 그녀는 연신 툴툴거리며 황문식을 구박했다.

"하여간 저 무식쟁이가 항상 문제야! 이렇게 살다간 얼마 못 가서 죽고 말 거다!"

"크크, 싫으면 걸어서 오든지."

"…죽을래?"

말은 그렇게 해도 그녀는 한 손으로 의자를 붙잡고 아주 여유롭게 중심을 잡고 있었다. 아무래도 매번 이렇게 무식하게 운전을 해댄 그에게 단련이 된 것 같았다.

잠시 후, 기관총좌에서 김재성 중사의 목소리가 들려왔다.

"공중에 몬스터 출현입니다!"

"저격수, 목표물 확인!"

화수의 명령에 의하여 김태하 중사가 가장 먼저 하늘로 총구를 돌렸다.

한데 그의 표정이 좋지 않다.

"…많은데?"

"대장님, 대략 50마리의 비행형 몬스터가 비행하고 있습니다. 아무래도 우리를 목표로 하는 것 같습니다."

"좋아, 전투를 원한다면 해줘야지."

그는 황문식에게 주변에서 가장 유용하게 쓰일 진지를 찾아 들어가도록 명령했다.

"황 상사, 엄폐할 곳이 있겠어?"

"왜 없습니까? 누우면 내 집인데."

황문식은 역사 내의 승차장으로 장갑차를 돌렸다.

부아아아앙!

승차장 주변에는 벙커로 사용할 만한 스낵바가 몇 개 있어서 비행형 몬스터를 상대하기 안성맞춤이었다.

"승차장으로 들어갑니다! 다들 꽉 잡아!"

"어지간하면 스낵바 유리창은 부수지 말자고. 또 항의 들어올라."

"노력해 보겠습니다!"

이곳은 지금도 상시적으로 열차가 운행되는 곳이므로 스낵바를 부수면 분명 해당 민간사업부에서 난리를 칠 것이 분명했다.

하지만 이곳을 빼앗기면 열차를 운행할 수 없을 뿐만 아니라 영주시 자체가 소멸될 것이다.

황문식은 무식하게 선로를 뛰어넘어 승객용 벤치 네 개와 와이파이 송신기 두 개를 박살 냈다.

콰앙!

"크헉!"

"골이 다 흔들리네."

"하하, 이 정도면 준수한 편 아닙니까?!"

"그래, 뭐, 이 정도면 양반이지."

화수가 선탑좌석에서 내려 장갑차의 수송 칸을 열었다.

"모두 내려! 전투 준비에 돌입한다!"

"예, 대장님!"

부대원들은 차에서 내려 재빨리 사격 위치를 잡았고, 화수는 장갑차 옆에 딱 붙어 황문식과 함께 소총을 잡았다.

철컥!

"김재성 중사!"

"예, 대장님!"

"기관총을 중심으로 화망을 구성한다! 라인을 잘 잡아줘!"

"물론이지요!"

한바탕 난리를 치고 들어와 자리를 잡은 화수 일행에게 심상치 않은 그림자가 다가왔다.

후우우우웅!

강하나는 어디선가 잔잔한 바람이 불어오나 싶었다.

"도, 돌풍이 부는데… 어디서 태풍이라도 북상하는 건가?"

"아니, 아니야."

잠시 후, 이내 돌풍이 쐐기처럼 강력한 돌개바람으로 변했다.

쐐에에에에엥!

"어어어?! 이, 이건?"

"몬스터다! 몬스터가 일으킨 바람이야!"

"서, 설마!"

―크아아아아아앙!

바로 그때, 엄청난 크기의 몬스터가 모습을 드러냈다.

"어, 어?!"

"이런 씨발! 도대체 저런 괴물이 어디서 튀어나온 거야?!"

순간, 화수의 뇌리에 각인되어 있던 기억 한 조각이 튀어나왔다.

"……."

"대장님?"

"…사격 준비!"

그는 싸늘하게 굳은 눈으로 가늠자에 오른쪽 뺨을 가져다 대었다.

"발사!"

두두두두두두!

붉은색 몸통과 거대한 날개, 용의 머리와 긴 꼬리를 가진 저 생명체는 그가 남극에서 본 그것과 너무나 닮아 있었다.

'썩어 문드러질 자식 같으니……!'

아무래도 악전고투가 꽤 오래갈 것 같은 느낌이 드는 화수이다.

*   *   *

50마리나 되는 비행형 몬스터를 이끌고 등장한 가칭 '용가리'는 부하들이 전멸한 후에야 자취를 감추었다.

최지하는 화수에게 놈에 대해 물었다.

"S-11과 비슷합니다. 그놈 아닙니까?"

"하지만 색깔과 크기가 달라. 놈은 흰색에 크기가 45미터도 넘었단 말이지."

화수의 말을 가만히 듣고 있던 강하나 소위가 고개를 갸웃거린다.

"S-11은 45미터 크기가 아니었습니까?"

"보고서에 나온 내용은 그렇다. 처음 발견되었을 당시의 크기는 45미터였지만 내가 놈을 목격했을 때엔 이미 엄청나게 성장한 이후였지."

"허, 허어!"

"아마 놈은 지금도 계속해서 성장하고 있을 거야. 만약 저 놈이 S—11과 비슷한 종류의 몬스터라면 아직 성장기를 거치고 있는 단계겠지."

"만약 저놈이 성체로 자라난다면……."

"아무래도 45미터의 거대한 놈이 되거나 그 이상의 괴물로 성장할 수도 있겠지."

"……."

"앞으로 무슨 일이 벌어질지 모르겠어. 아무래도 포진을 구축하고 나면 놈을 사냥하는 것을 첫 번째 목표로 해야겠어."

"예, 대장님."

첫 번째 포진을 보병 부대에게 넘긴 화수는 선로를 따라서 장갑차를 굴려 두 번째 포진으로 향하는 중이다.

그는 디지털 지도를 펼쳐 두 번째 포진의 위치를 파악했다.

"두 번째 포진은 창진동 성당이군."

"성당에 포진이 있습니까?"

"그냥 말이 성당이야. 몬스터의 공격으로 폐허가 되어버렸지. 주변 아파트들은 이미 사람이 없는 유령도시가 된 상태다."

"말로만 듣던 버려진 도시가 바로 이곳이군요."

"유령도시는 몬스터들의 소굴이다. 잘못하면 고립되어 부대가 전멸하는 수가 있다."

화수의 설명에 강하나 소위의 표정이 긴장감으로 물들었다. 그는 슬쩍 미소를 지으며 그녀에게 물었다.

"그래, 강하나 소위, 책으로만 보던 곳에 직접 가는 소감이 어떤가?"

"기, 긴장됩니다! 하지만 열심히 하겠습니다!"

현재 전국에는 총 500개의 유령도시가 있다. 이들 지역은 몬스터의 상습적인 출몰로 인해 주거지를 버리고 떠난 사람들 때문에 만들어졌기에 부랑자들이 가끔 거주하기도 했다.

정부에선 상습 피습 지역이나 공격 대상 지역에 방호망을 구축하도록 지원을 해주고 있는데 그 비용이 만만치 않았다.

방호벽이나 방호망은 중앙정부에서 70%를 지원하고 나머지는 지자체나 지역 복지 단체에서 충당하도록 되어 있다.

그런데 건축 연도가 1990년대 초반에서 2000년대 초반에 이르는 아파트 단지들은 몬스터 방호용 옹벽을 쌓는 비용보다 이사를 가는 편이 가계에 훨씬 이득이 된다.

몬스터 때문에 집값은 떨어지고 관리비는 계속 올라가는데 굳이 위험 지역에 살 필요가 없다는 소리다.

그런 이유 때문에 현재 대한민국의 신도시들은 전부 지하에 세워지고 있었다.

도심이던 명동이나 강남의 청담동 등 초호화 주거지역 역시 지상에서 벗어나 지하로 그 모습을 점점 감추어가는 실정이었다.

그나마 도심권 아파트나 상가들은 육군이 몬스터를 토벌하고 다시 회복세로 돌아서고 있었으나 창진동 같은 경우엔 얘기가 달랐다.

아직까지 정부가 이곳에 손을 대지 못하고 있는 이유는 이곳을 수복한다고 해도 해당 상권이나 주거 생활권이 회복될 수 없기 때문이다.

화수는 5년 넘게 버려진 창진동 성당으로 가는 것이 썩 마뜩잖았지만 지금으로선 어쩔 도리가 없었다.

"황 상사, 창진동 성당 근처에 차를 댈 곳이 있던가?"

"포진 근처에 버려진 창고 단지가 있습니다. 그곳이라면 당장 방호 진지를 구축할 수 있을 겁니다."

"좋아, 그렇다면 그곳에 진지를 구축하고 공격 거점으로 삼는다. 공격 거점을 두고 주변의 포진 다섯 곳을 추가로 점령하고 거점을 옮기도록 하지."

"예, 대장님."

워낙 수많은 전투를 치러온 팀원들이기에 각 지역에 대한 정보를 아주 빠삭하게 인지하고 있었다.

야차 중대는 벌써 자신들이 그곳에서 어떤 곳을 가장 먼저 점령해야 할지 아주 잘 알고 있었다.

화수는 김태하 중사와 정은우 하사를 저격 포인트로 보내기로 했다.

"김태하 중사와 정은우 하사는 대공 경고 방송탑을 점령하고 교대로 전방을 주시하도록."

"예, 알겠습니다."

"나머지 병력은 세 개로 조를 나누어 거점 주변을 수색하도록 한다."

"예, 대장님!"

야차 중대가 유령도시 안으로 들어섰다.

*   *   *

자운 화학의 면접장.

차트를 든 전문 심사관이 네 명의 경리 후보를 바라보고 있다.

"안녕하세요. 임시 면접관 위지명입니다."

"안녕하십니까?!"

"저는 대표 이사님의 지시를 받은 사람으로서, 면접 족보대로 사람을 뽑고 있습니다. 아시다시피 영업부와 재무 총괄부,

법무팀, 총무팀 등의 인원은 전부 다 천거하여 명단을 완성했습니다. 이제 남은 자리는 각 팀별 경리과의 인원입니다. 우리 회사에는 각 부서와 중요 팀에 한 명의 경리를 배속하도록 되어 있습니다. 채용 조건에 맞는다면 채용할 것이고 그렇지 않다면 집으로 돌아가시면 됩니다."

보통의 면접은 그 결과를 추후에 통지하도록 되어 있지만 자운 화학은 회사의 사정상 면접 족보로 그 즉시 점수를 채점하여 사람을 뽑도록 되어 있었다.

위지명은 화수가 작성해 준 기준대로 질의를 시작했다.

"참가 번호 51번 진영월 씨."

"네!"

"한국여대를 나왔군요."

"네, 그렇습니다!"

"학벌이 꽤 좋은데, 왜 하필이면 이곳을 지원하게 되었습니까?"

"경영학을 전공하긴 했지만 환경 문제에 관심이 많습니다. 그래서 지원하게 되었습니다."

"환경 문제라……."

"요즘 몬스터 사체 처리에 관한 문제로 온 나라가 시끄럽습니다. 이를테면 사체 판매권에 대한 권한을 모두 나라가 틀어쥐고 있다는 것에 반발심을 느낀 청년들이 봉기한 것과 같은 사건들 말이죠."

얼마 전, 사체 처리에 대한 권한 확장을 놓고 여야가 첨예하게 대립했다.

여당은 아직도 사체 처리에 대한 권한을 오로지 국가가 틀어쥐어야 한다는 입장이었고, 야당은 안전을 보장하는 선에서 민간에서 시신을 사고팔 수 있도록 해야 한다고 주장했다.

최근 5년 사이 코어의 수요가 폭발적으로 늘어남에 따라 민간에서도 코어를 암암리에 거래하고 있었지만, 암거래의 특성상 가격이 터무니없이 높아질 수밖에 없었다.

그렇다고 해서 코어를 일반인이 균등하게 가질 수 있느냐 하면 그것도 아니었다.

국가에서 지정한 판매업체는 전부 대기업이었고, 그들이 어떤 방식으로 판매를 하고 개발하는지에 대한 것은 전혀 관여를 하지 않았다.

원유값의 폭등과 천연가스의 수급 중단에도 대기업들은 자신들이 정한 가격을 고수하였고, 판매 수량을 한정시켜 판매하였다.

여기에 코어의 회수권과 의무 계약 기간 약정 등, 서민들의 고혈을 빨아먹는 전략이 수립되어 한창 논란이 되어 있는 중이다.

위지명이 진영월에게 물었다.

"그렇다면 사체의 처리나 판매 권한 등을 어떻게 하는 것이 현명하겠습니까?"

"코어나 기타 사체의 판매를 공매 형식으로 바꾸고 민간에서도 필요한 사람이 있다면 입찰해서 가지고 가야 한다고 생각합니다."

"기존의 대기업 하청식이 아닌 공매 형식으로 체제를 바꾸어야 한다는 말입니까?"

"그렇게 된다면 지금 가장 큰 문제가 되고 있는 에너지 고갈이라든가 주택 보급 미달 등이 해결될 겁니다. 지금의 유령도시들을 재건하는 것은 현실적으로 불가능하니 보급형 아파트를 가볍고 양질의 몬스터 뼈나 가죽으로 지어 판매하는 겁니다. 만약 폭리만 없어진다면 보급형 아파트를 짓는 데 들어가는 돈은 절반, 아니, 그 이하로 떨어질 것이 분명하니까요."

위지명은 그녀에게 마지막 질문을 하나 더 던졌다.

"좋습니다. 그렇다면 마지막으로 하나만 더 묻지요. 아까 전에 말씀하신 유령도시 재건 계획을 정부에서 전격 발표한다면 그것을 어떻게 이끌어 나가는 것이 좋겠습니까?"

"이 또한 공개 입찰로 분야를 나누고 전문 인력을 지원하여 몬스터 밀집 지역을 철거한 후에 진행하는 것이 현명하다고 보입니다."

"몬스터 밀집 지역을 철거하는 데 들어가는 비용이 얼마나 비싼지는 알고 계시죠? 그렇게 되면 아무리 자재값이 내려가도 민간에선 도무지 엄두를 낼 수 없을 텐데요?"

"그래서 정부의 지원이 필요하다는 겁니다. 적당한 선을 찾아서 정책을 짜는 것이 중요하겠지요."

위지명은 미소를 지었다.

"그래요. 그런 문제를 해결하는 것이 바로 이곳 자운 화학입니다. 정말 환경문제에 관심이 있다면 공부에 많은 도움이 될 겁니다."

"그렇군요."

그는 진영월의 채점표에 합격 도장을 찍었다.

쿵!

"진영월 씨, 합격입니다. 관련 학과를 졸업한 것은 물론이고 각종 자격증도 눈에 띄는군요. 무엇보다 소신껏 발언하는 자신감을 가지고 있다는 것이 인상 깊었습니다. 열심히 해보세요."

"감사합니다, 감사합니다!"

이제 그녀는 총무부에서 사장의 최종 승인만 받으면 직원용 ID 카드를 발급받게 될 것이다.

한껏 미소가 만개한 그녀가 친구들에게 전화를 걸었다.

"야야, 합격이야!"

─정말 다행이다! 이제 그 생활도 끝인 거야?!

"그래, 너희들이 걱정하던 그런 일은 더 이상 하지 않을 거야."

—어휴, 이제 발 뻗고 잘 수 있겠네. 우리가 네 걱정을 얼마나 했는지 알아? 대학 간판 모델까지 하던 아이가 요정이라니, 내가 빚을 내서라도 말리고 싶더라니까.

"후후, 됐어. 이제 다 끝났으니까 걱정할 필요 없어."

—그나저나 연봉 협상은 어떻게 한데? 사장이 자리에 잘 없다고 하지 않았어?

"알아서 잘 맞춰주겠지. 최소한 2천 500만 원 이상은 준다고 했으니까."

—잘해. 요즘 협상 잘못하면 평생 후회하게 된다잖아.

"그래야지."

이런저런 얘기를 하면서 회사 3층으로 올라간 그녀는 총무부에 도착했다.

그런데 총무부의 분위기가 심상치 않았다.

따르르르릉!

"누가 전화 좀 받아!"

"여기도 바쁩니다! 지금 소매 입찰 넘기는 품목이 갑자기 많아져서 말입니다!"

"아이참, 사장님의 수완이 너무 좋아도 탈이군!"

지금 영업부에서 생산해 낸 몬스터 부산물이 물밀듯이 밀려들어 총무부는 정신을 차릴 수 없을 만큼 바빴다.

총무부장은 자신을 찾아온 그녀를 보자마자 카드를 한 장 건넸다.

"자네가 새로 온 경리인가?"

"예, 예!"

"가서 이 카드에 인상 정보 적어놓고 저장시켜서 가지고 가게. 내일 아침부터 출근해서 일 배우면 되고."

"가, 감사합니다!"

"아 참, 경리과장께서 출장 중이라 일을 배우기가 힘들 거야. 그러니 우리가 만들어놓은 가이드라인 따라서 일 처리하고 나한테 결재 올려. 그럼 비서실장님이 인가를 내려주실 테니까."

"예, 알겠습니다!"

이윽고 그는 다시 자신만의 업무에 열중하기 시작했고, 그녀는 꿔다 놓은 보릿자루처럼 엉거주춤 컴퓨터로 다가갔다.

[신입 직원 전용]

자신의 신상 정보를 입력하니 ID 카드를 등록할 수 있는 프로그램이 알아서 작동되었다.

삐빅!

그녀는 천천히 자신의 신상 정보를 기입해 나갔다.

타다닥.

그러던 그녀에게 의외의 소리가 들려왔다.

"시가총액이 얼마라고 했지?"

"1,500억입니다."

"너무 비싼데."

"그래도 사장님께서 말씀하신 규모의 건설사는 그곳뿐입니다."

"백제 건설이라… 지역 유지급 기업 집단에서 매각한 건설사를 무리해서 사다 보니 돈이 너무 많이 오버되는데……."

"사장님 지시입니다."

"뭐, 그렇다면 어쩔 수 없고. 지금 입찰 넣고 사장님께 결재 올려."

"알겠습니다."

그녀는 자신도 익히 잘 아는 백제 건설에 대해 떠올렸다.

'백제 건설이면 사옥까지 가지고 있는 꽤 큰 회사인데, 어째서 그렇게 큰 회사를 인수하려는 거지?'

잠깐 의문을 품은 그녀는 이내 의구심을 내려놓았다.

'말단인 내가 그걸 알아서 뭐 하겠어?'

ID 카드에 정보 입력을 마친 그녀가 회사를 나서려는데, 저 멀리 사장의 명함이 보였다.

[자운 화학 대표이사 강화수]

별다른 설명도 없고 그저 대표이사라는 직함만 찍혀 있는 명함을 뽑아 든 그녀는 이름을 머릿속에 각인시켰다.

'강화수, 좋은 이름이네.'

이윽고 그녀는 회사를 나섰다.

*   *   *

자운 화학 고문 변호사 이정재와 전속 회계사 임재문이 백제 건설 대표이사 정아라와 인수 합병에 대한 협상에 들어가 있다.

이정재와 임재문은 백제 건설의 구도시 재개발권 실패와 전국 25개 교량의 토목 공사 실패 등의 문제로 협상 금액을 절충하는 중이다.

"1천 500억은 너무 비쌉니다. 아무리 브랜드 파워가 세다고 해도 빚을 다 탕감하고 나면 시가총액은 얼마 안 될 겁니다."

"우리도 남는 것이 있어야 뭘 팔아볼 것 아닌가요?"

임재문은 고개를 가로저었다.

"됐습니다. 그럼 깔끔하게 접으시죠. 대표님께는 제가 잘 말씀드리겠습니다."

"뭐, 우선 협상 대상자로 삼을 사람은 많아요."

"그래요. 그렇게 하시죠. 저희들은 이만……."

임재문은 정말 미련 없이 자리에서 일어섰다.

그는 자운 화학의 현재 자금력을 고려하여 1천억 이하로 협상을 보려 했으나, 그녀는 브랜드 파워와 지역에서의 이름값을 이유로 가격 절충을 불허하고 있었다.

사서 이문보다 실이 더 큰 회사를 인수한다는 것은 전속 회계사로서 상상할 수 없는 일이었다.

정아라는 칼같이 돌아서는 그들에게 떡밥을 던졌다.

"지금 돌아서면 후회할 걸요?"

"……?"

"사장님께서 야차 부대와 관련되어 있다던데, 그렇다면 우리가 좌절시킨 프로젝트와 구시가지 부활 프로젝트를 아주 합리적으로 해결할 수 있지 않겠어요?"

"그게 무슨 소리입니까?"

"우리가 왜 프로젝트 시행에 실패하고 그 여파로 회사가 망했게요. 재건 사업을 너무 만만하게 봐서 한꺼번에 150곳이나 되는 구도시 재개발에 입찰했기 때문입니다. 자재는 자재대로 사놓고 몬스터 때문에 삽 한 번 못 뜨고 사업이 좌절되었지요. 그 빚 때문에 당신들이 말하는 부채가 생긴 것이고요. 하지만 이건 아셔야 합니다. 야차 부대가 그곳을 한 번씩만 다녀가도 문제는 금방 해결될 겁니다. 덤으로 몬스터 시신도 얻어 가실 수 있고요."

국가에서는 현재 구도심 재건과 몬스터가 빈번하게 출몰하는 지역의 재건을 계획하고 있는데, 이것을 제대로 수행할 수 있는 회사는 실제 얼마 없었다.

몬스터를 토벌하는 것에도 한계가 있으며, 수시로 사냥꾼을 부르다 보면 돈이 금세 깨졌다.

하지만 만약 야차 부대가 해당 지역을 한 번 점검하고 토벌 절차를 주기적으로 밟아준다면 자운 화학으로선 일석이조의 효과를 누릴 수 있다.

임재문은 이 모든 이점을 보고도 고개를 돌렸다.

"그럼 이 이점을 살릴 수 있는 회사에 파세요."

"호호, 역시. 당신의 악명은 이미 대전 바닥에 자자해요. 그 이유가 있었군요."

"기업을 사고파는 데 착한 사람이 어디 있습니까? 착해봐야 뒤통수밖에 더 맞겠습니까?"

"뭐, 그건 그렇죠."

그녀는 임재문의 제안에 따르기로 했다.

"좋습니다. 어차피 한국에서 이 기업을 사줄 사람도 없을 것 같으니 1천억에 팔게요."

"9백억."

"…뭐예요?"

"협상 카드는 그쪽이 먼저 버렸습니다. 실수를 했으면 만회를 해야죠."

"그게 무슨 말도 안 되는 소리인가요? 500억이나 내렸으면 그만 욕심부려야 하는 것 아닙니까?"

"당신이야말로 우리의 뒤통수를 치려다가 실패했는데, 이 정도 쪽박은 예상해야 하는 것 아닙니까?"

그녀는 졌다는 듯이 고개를 가로저었다.

"후우, 지독한 사람들이네."

"팔 겁니까, 말 겁니까?"

"좋아요, 그렇다면 910억에 맞춰주세요. 우리도 부채 탕감은 해야 하잖아요? 회사를 팔고도 부채 탕감조차 못하면 그게 무슨 손해인가요?"

"으음, 좋아요. 그렇다면 908억까지 드리죠. 그 이상은 안 됩니다."

"하아, 정말… 알겠어요. 2억은 내가 채워 넣죠. 이대로 계약합시다."

"좋은 선택을 한 겁니다."

두 사람은 고문 변호사 이정재의 입회하에 계약서를 작성하였고, 대리인 자격으로 그곳에 서명하였다.

서명이 끝난 후 그녀가 임재문에게 물었다.

"그나저나 왜 꼭 우리 회사였나요? 다른 회사도 많은데."

"사장님의 뜻입니다."

"그래요?"

"자세한 것은 말씀드리기 힘들군요."

"뭐, 좋아요. 어차피 거래는 끝났으니까요."

두 사람은 악수를 끝으로 돌아서 서로의 갈 길을 갔다.

제2장

의혹

창진동 포진 근처.

구성당 앞으로 야차 중대를 태운 장갑차가 달려와 멈추어
섰다.

끼이익!

조수석에 앉은 화수는 전방 200미터 앞에 보이는 창고를
가리켰다.

"이곳이 바로 그곳인가?"

"예, 대장님. 일전에 예성 가구에서 중앙 적재 창고로 사용
하던 곳입니다. 가구를 취급하던 곳이라 가연성 물질에도 강

하게 설계되었지요."

"그래, 이곳이라면 우리가 충분히 중대 본부로 사용할 수 있겠어."

포진 인근에 있는 건물 중에서 가장 튼튼하게 지어졌지만, 몬스터의 잦은 습격으로 인해 어쩔 수 없이 공장을 버린 예성 가구였다.

그들이 만들어둔 창고는 방호벽으로 사용해도 될 정도로 강력했으나, 몬스터의 소굴에 물건을 놓아둘 사람은 그리 많지 않을 것이다.

화수는 이곳으로 베이스캠프를 정했다.

"이곳에 중대 본부를 설치하고 임시 초소를 건설한다. 본부를 건설하고 난 후엔 각자 맡은 구역으로 신속하게 이동하여 해당 지점을 점령할 수 있도록."

"예, 대장님."

장갑차가 건물 사이를 지나가 가구 창고 앞에 도착했다.

부아아아아앙!

끼이익!

꽤나 묵직한 소리가 창고 인근에 울려 퍼졌고, 그 소리를 들은 몬스터들이 하나둘 모습을 드러내기 시작했다.

─키헤에에에엑!

"전방에 적 발견!"

"규모는?"

"이삼백 마리쯤 되는 것 같습니다!"

"꽤 많은 숫자가 몰려들었군."

화수는 장갑차를 야적창고 안으로 밀어 넣고 방어진을 치기로 했다.

"야적창고 안으로 들어가서 방어한다! 황 상사, 바리케이드를 뚫을 수 있겠어?"

"별걱정을 다 하십니다."

"좋아, 출발!"

끼이이익, 부우우우웅!

엄청난 속도로 달려 나간 장갑차가 앞을 가로막는 놀 두 마리를 치고 바리케이드를 통과했다.

쿠웅, 쿠웅!

─크노올?!

"크하하, 죽어라!"

콰앙!

두께 3cm의 강판을 뚫고 들어간 장갑차에서 화수가 내려 전장을 지휘하기 시작했다.

"저격수, 위치로!"

"예, 대장님!"

"기관총사수는 기관총좌를 진지로 사용한다! 나머지 사수들 역시 장갑차를 중심으로 거점을 잡는다! 실시!"

"실시!"

신속하게 사격 거점을 만든 야차 중대는 몰려드는 적들을
일제히 사격하기 시작했다.

두두두두두두!

—크헥, 크헤에에엑!

"주로 소형 몬스터라서 큰 어려움은 없을 것 같군요."

"천만다행이야."

용가리가 끌고 다니는 몬스터들의 등급은 대략 8~18 사이,
이 정도면 거의 소백산 중턱에 도달한 레벨이라고 볼 수 있었
다.

화수는 도대체 놈이 어디서 그렇게 많은 몬스터들을 데리
고 다니는지 궁금했다.

'놈을 잡아보면 모든 것이 나올 테지.'

한참을 그 자리에 서서 사격하던 일행은 마지막으로 고꾸
라져 엎어진 오크를 끝으로 사격을 멈추었다.

타앙!

—끄웨에에엑!

—대장님, 타깃 전멸했습니다.

"좋아, 모두 수고했다."

—아니, 잠깐! 아직 더 남아 있습니다!

"뭐라?"

바로 그때, 땅이 진동하면서 한차례 약진을 만들어낸다.

쿠우우웅!

"지, 지진?!"

"저격수, 전방에 무슨 일이 일어났나?!"

—따, 땅이 갈라집니다!

"땅이 갈라져?!"

잠시 후, 화수가 서 있는 지점 바로 앞까지 땅이 갈라지더니 그 안에서 높이 15미터의 엄청난 몬스터가 모습을 드러냈다.

—크오오오오오오아!

"뭐, 뭐야?!"

몬스터는 역삼각형의 신체에 뿔이 달린 머리, 우람한 팔뚝을 가진 인간 형태로 하반신 없이 공중에 둥둥 떠다니는 형태였다.

화수는 생전 처음 보는 몬스터에 아연실색할 수밖에 없었다.

"저, 저게 뭐지?!"

"대, 대장님, 저놈은 도대체 뭘까요?!"

"…이제부터 알아봐야지."

잠시 후, 갈라진 땅이 다시 닫히면서 놈의 본격적인 공격이 시작되었다.

끼기기기긱, 쿠웅!

"으윽!"

─캬아아아아아아악, 퉤!

놈이 가래침을 뱉듯이 입을 벌리자 그 안에서 불덩이가 튀어나와 땅에 떨어지더니 몬스터로 변신하였다.

─크웩, 크웨에에엑!

"도, 도마뱀?"

"저 뒤에 있는 놈들은 팔다리가 달린 불꽃이다!"

"제기랄, 도대체 뭐가 어떻게 돌아가는 거야?!"

"고민할 시간이 어디에 있나?! 모두 사격 개시!"

"예, 대장님!"

두두두두두두두!

소총의 탄환이 불을 뿜으며 날아가자, 끝도 없이 줄줄이 달려오던 몬스터들이 하나둘 쓰러지기 시작했다.

퍼억!

─끄웨에에엑.

"총이 효과가 있는 모양이군. 불행 중 다행이라고나 할까?"

"만약 그것도 아니었다면 우리는 벌써 죽었겠지요."

천만다행으로 탄환이 놈들에게 먹히긴 했지만 워낙 행동이 빠른 놈들이라서 금세 진영 앞까지 다가왔다.

샤샤샤샤샤샤샥!

"허, 허억?!"

ㅡ캬아아아악!

화르르르륵!

도마뱀이 입을 벌리자 그 안에서 불덩이가 날아와 주변을 불바다로 만들어 버렸다.

"으으윽……!"

"이런 젠장! 입에서 폭탄을 쏘아대는 격이군!"

"대장님, 이러다간 우리의 거점이 다 녹아서 없어지겠습니다!"

화수는 일단 놈들을 멀찌감치 떨어뜨리는 것이 급선무라고 판단했다.

챙!

그는 몬스터 사냥용 대검과 방호용 방패를 들고 전방으로 돌진했다.

"내가 입구를 맡는다! 모두 엄호사격을 쏟아부을 수 있도록!"

"하지만 불길이 거세서 자칫 잘못하면 화상을 입을 수도 있습니다!"

"괜찮아! 이 정도로 죽었다면 진즉 비명횡사했을 것이다! 모두 실시!"

"실시!"

화수는 무작정 방패를 들고 내달리면서 몬스터 사냥용 대검에 내력을 불어넣어 휘둘렀다.

"천열폭뢰장!"

콰과과과광!

전생에 비한다면 보잘것없는 경지지만 지금 화수는 이제 막 화경의 초입에 들어서 있었다.

무림의 평범한 무사 100명과 싸워서 이길 수 있는 경지이며, 일반인이 60년을 수련해야 얻을 수 있는 내공이 화수에게 있었다.

일격에 선두 행렬에 있는 20마리를 깔끔하게 헤치운 화수에게 부하들의 무전이 들렸다.

―대장님, 요새 신무기를 장착하신 겁니까? 못 보던 광경이 자주 목격되는군요.

"원래 나는 싸움을 잘했어."

―그렇다고 장풍이 막 쏟아져 나가지는 않았지요.

"비밀이다."

―뭐, 그렇다면 굳이 묻지는 않겠습니다.

지금 화수가 보여주는 싸움의 방식은 확실히 예전의 그것과는 많이 달라져 있었지만, 부하들은 그의 살신성인을 믿어 의심치 않았다.

그만큼 부하들과 화수의 신뢰 관계는 깊고 짙었다.

두두두두, 펑펑펑펑!

후방에서 쏟아지는 엄호사격을 받으며 적들을 향해 돌격하던 화수는 마침내 구멍이 뚫린 바리케이드 앞에 도착했다.

그는 이곳을 굳이 틀어막지 않고 자신이 직접 바리케이드의 일부가 되어 놈들을 상대하기로 했다.

"건곤대나이!"

스스스스스!

화수의 몸에서 검붉은 진기가 흘러나와 주변을 물들였고, 몬스터들의 공격이 그의 몸에 맞아 곧바로 되돌아 나갔다.

끼이이잉!

콰앙!

—끄웨에에에엑!

"무식함은 죄다!"

그는 한차례 공격으로 50마리가 넘는 몬스터를 해치웠고, 이제 남은 한 마리의 몬스터를 바라보았다.

—크오오오오오오!

"…상당히 크군."

—어리석은 인간 같으니!

"……?!"

순간, 화수는 자신의 귀를 의심했다.

"이, 이상하네? 인간의 말을 한 것 같은데?"

―제 생각에도 그렇습니다.

―세상이 미쳐서 돌아간다더니, 이제는 몬스터가 사람 말까지 다 지껄이는군요.

지금까지 화수가 본 몬스터 중에서 인간의 말을 하는 몬스터는 단 한 마리도 없었다.

그나마 S―11이 뇌파를 이용하여 대화를 시도하려고 했으나, 인간의 말을 하지는 못했다.

"인간의 말을 한다고 해서 달라질 것은 없다! 놈에게 화력을 집중시킨다!"

―예, 대장님!

화수는 방패를 더 단단히 쥔 채 놈의 앞을 막아섰다.

척!

"덤벼라!"

스스스스스스!

건곤대나이의 심결이 그의 주변을 물들일 때쯤, 놈이 불로 이뤄진 방망이를 휘둘렀다.

―죽어라!

부우웅!

방망이가 한 번 휘둘릴 때마다 주변의 공기가 불에 타 대기가 일그러지는 왜곡 현상이 일어났다.

화수는 이 공격을 정통으로 맞으면 곧바로 즉사한다는 것을 본능적으로 느낄 수 있었다.

그는 건곤대나이의 심결을 방패로 흘러보내 반탄지기를 대신하기로 했다.

파앗!

잠시 후, 놈의 방망이가 화수의 방패에 적중하였다.

까앙!

끼이이이잉!

순간, 방망이가 만들어낸 화염과 건곤대나이의 심결이 서로 뒤섞이더니 심결이 만들어낸 장막을 뚫고 방망이가 대가리를 들이밀었다.

쨍그랑!

콰앙!

"크허억!"

─대장님!

"쿨럭쿨럭!"

─괜찮으십니까?!

"나, 난 괜찮아! 모두 자리에서 움직이지 말도록! 한 번 잡은 포지션이 무너지면 우리는 정말 끝이다!"

─하, 하지만……!

"명령이다! 움직이지 마!"

한 움큼 피를 토해낸 화수는 눈앞이 흐릿해지는 것을 느꼈다.

"허억, 허억!"

비틀거리며 자리에서 일어선 화수에게 놈이 빠른 속도로 쇄도했다.

ㅡ놈, 오래도 버티는구나! 하지만 이것으로 네놈도 끝이다!

부웅!

화수는 빠르게 보법을 전개하여 신형을 뒤로 뺐다.

스스스스스!

그러나 그의 내상이 보법이 끌어다 쓴 내공의 공백을 피로써 대신 채워 넣었다.

"쿨럭!"

다시 한 번 피를 분수처럼 뿜어낸 화수는 그 자리에 털썩 주저앉았다.

"…제기랄!"

ㅡ대장님!

그는 주변에 널려 있는 몬스터들의 시신을 바라보았다.

'이대로 죽을 수는 없지!'

등급을 알 수는 없으나, 놈들의 시신을 지금 당장 흡수하지 않으면 죽음에 이르고야 말 것이다.

"흡성대법!"

슈가가가가가각!

화수의 손을 타고 엄청난 숫자의 몬스터 시신이 따라왔고, 그는 그 안에서 코어만 골라서 취하였다.

꿀렁, 꿀렁!

일일이 등급을 매길 수도 없는 양의 코어가 그의 단전으로 빨려들어 변이를 일으키기 시작한다.

뚜두두두두둑!

"끄아아아악!"

그의 단전이 몬스터들의 능력을 융화시키면서 그의 근골이 새롭게 변화하였다.

—죽어라!

화르르르륵!

놈의 방망이가 만들어낸 불길이 화수를 덮쳐왔으나, 그의 피부는 전혀 미동도 없이 멀쩡한 상태를 유지하고 있었다.

이윽고 화수가 주먹을 꽉 말아 쥐며 말했다.

"이제 불을 쓰는 놈은 너 혼자가 아니다!"

꽉 말아 쥔 화수의 주먹으로 검붉은 화염이 스며들더니 이내 강력한 폭발을 일으키는 권을 만들어냈다.

고오오오오, 화아아악!

"천혈수라장!"

쿠궁, 콰앙!

—크허억!

"전 대원, 집중 사격 개시!"

두두두두두두!

화수의 장에 대가리를 얻어맞은 몬스터가 정신을 못 차리는 동안 대원들의 화망이 심장으로 집중되었다.

그러자 놈이 그 화력을 이기지 못하고 자리에 쓰러졌다.

—크아아아아악!

쿠웅!

화수는 사냥용 대검을 놈의 심장에 깊숙이 찔러 넣었다.

푸욱!

—허, 허어어어어!

"잘 가라, 지독한 새끼야!"

푸하아아악!

주변으로 새빨간 혈액이 낭자했고, 화수는 그의 심장에서 코어를 도려내었다.

뚜두두둑!

화르르륵!

"붉은색 코어?"

놈의 심장에는 불길이 일렁이는 붉은색 코어가 자리 잡고 있었고, 그 안에서 뿜어져 나오는 에너지는 일반적인 몬스터의 것과 확연히 달라 보였다.

그는 거침없이 그 코어를 자신의 내단으로 흡수해 버렸다.

스스스스스, 팟!

그러자 그의 몸에서 말로 형언할 수 없는 열기가 끓어올랐다.

"으아아아악!"

화수의 눈과 입에서 붉은 아우라가 뿜어져 나왔고, 그는 이내 정신을 잃고 쓰러졌다.

*   *   *

늦은 오후, 화수가 눈을 떴다.

"으음……."

"정신이 좀 드십니까?"

화수의 곁을 지키고 있던 김예린 대위가 그의 이마에 손을 얹었다.

"열은 내렸군요. 세상에, 인간의 몸이 60도까지 오르다니요. 저는 이런 일을 단 한 번도 경험한 적이 없습니다. 과학적으로 설명할 수 있는 일도 아니고요."

"이 세상에는 과학으론 설명할 수 없는 일들이 많아."

"뭐, 그건 그렇지요. 하지만 적어도 부하들에겐 도대체 어떻게 된 일인지 설명해 주셔야 할 것 같습니다. 모두 걱정이 많습니다."

화수는 부하들과의 신뢰도 유지 차원에서라도 자신의 비밀을 일부분 공개할 수밖에 없다고 판단했다.

"모두 어디에 있지?"

"경계를 실시하고 있습니다."

"다들 안으로 들어올 수 있도록 해주게."

"예, 대장님."

잠시 후, 김예린의 무전을 듣고 야차 중대원들이 창고 안으로 모여들었다.

그중에서도 가장 먼저 모습을 보인 사람은 바로 강하나 소위였다.

"흑흑, 대장님!"

"자네는 군인이 웬 눈물범벅인가?"

"죄, 죄송합니다!"

"죄송하면 죄송할 짓을 하지 말게. 다음부터는 울지 말도록."

"예!"

이윽고 열 명의 부하가 줄줄이 모습을 보였다.

"대장님!"

"걱정시켜서 미안하군."

"아닙니다. 그나저나 어떻게 된 겁니까? 열이 60도까지 오르다니, 말도 안 되는 일이 일어나지 않았습니까?"

그는 부하들을 자리에 앉게 했다.

"모두 자리에 편히 앉게."

"예, 대장님."

"어디서부터 얘기를 해야 할지 모르겠군."

화수는 다른 사실은 접어두고 자신이 어느 날인가부터 몬스터의 코어를 흡수할 수 있는 능력이 생겼다는 사실과 그것으로 인해 일정한 힘을 얻었다고 설명했다.

부하들은 귀로 직접 설명을 듣고도 도저히 믿을 수 없다는 표정이다.

"…믿을 수 없는 일입니다."

"흠, 좋아. 그렇다면 내가 시범을 보여주도록 하지."

화수는 저 멀리 보이는 몬스터의 사체를 향해 손을 뻗었다.

'흡성대법!'

스스스스스스!

잠시 후, 그의 손을 타고 몬스터의 사체들이 날아와 달라붙었다.

츠츠츠츠!

그 안에서 몬스터의 코어만 뽑아낸 화수는 그것들을 부하들에게 보여주었다.

"이것을 이제 내가 흡수해 보겠어."

꿀꺽!

화수의 손을 타고 들어간 코어들이 내단을 채워 나갔고, 그의 눈동자가 붉게 물들었다.

화르르르륵!

"어, 어어……?!"

"이렇게 코어를 흡수하게 되면 몬스터의 능력이 일부분 흡수되는 것 같아. 그래서 자네들이 본 비상식적인 장풍 같은 것도 사용할 수 있게 된 것이고."

"…그렇군요."

"이제야 이해가 가나?"

"믿기 힘들지만 대장님께서 거짓말을 할 리도 없고, 저희의 눈으로 직접 보았으니 이제는 믿겠습니다."

"고맙군."

한결 몸이 가벼워진 화수는 자리를 털고 일어섰다.

"시간이 많이 지체되었어. 내가 얼마나 누워 있었지?"

"스물세 시간입니다."

"이런, 더 이상 시간을 죽일 수는 없지. 모두 조를 편성해서 포진을 점령하도록 하지."

"예, 대장님."

가지고 있던 비밀을 조금이라도 털어놓으니 속이 시원해진 화수이다.

*   *   *

자운대 수렵 사령부 내 지휘관 회의실.

얼마 전 야차 부대가 사냥한 몬스터들의 샘플이 이곳으로 전달되었다.

화르르륵!

불길에 타 일렁거리는 코어의 불꽃은 지금까지 전혀 보지 못한 새로운 것들이었다.

몬스터 연구소 소장 김태린 중령은 이것이 전혀 새로운 기능을 가진 물질임을 시사했다.

"지금까지는 몬스터 코어의 푸른색 에너지를 동력체로 사용했습니다만, 이제는 이것을 열에너지로 직접 전환해서 사용할 수 있을 것으로 보입니다."

"흐음, 그렇다는 것은 두 코어가 서로 다른 쓰임새를 가지고 있다는 뜻인가?"

"예, 그렇습니다."

각 군의 최고사령관과 정부 각처의 지부장들이 모인 회의실에는 총 네 개의 코어가 준비되어 있었는데, 열에너지 분출 지표에 따른 분류로는 1등급으로 판정되었다. 하지만 몬스터 코어의 등급을 결정하는 데 필요한 것은 열에너지뿐만이 아니다.

"열에너지 등급을 뺀다면 나머지 등급은 5~6등급입니다.

강화수 소령의 말에 의하면 이것보다 훨씬 더 등급이 높은 코어들도 있다고 하니 그것들은 지금의 등급으론 측정이 불가능할 것으로 보입니다."

"이것 참, 기뻐해야 하는 것인지 슬퍼해야 하는 것인지 모르겠군."

"군의 입장에서 보면 재앙이지만 지식경제부 입장에서 본다면 홍복 아니겠습니까?"

정부와 민간의 입장에서 본다면 이번 사냥이 갖는 의의가 아주 긍정적이라고 볼 수 있었으나, 군의 입장에선 새로운 대비 태세를 갖추어야 하는 번거로움이 있었다.

지식경제부 장관 장석환은 이것이 민간에 보급된다면 아주 큰 이점이 있을 것으로 예상했다.

"현재까진 몬스터 코어의 푸른 에너지를 추출하기 위한 고가의 트랜스포터가 필요했습니다만, 이제는 열에너지만 추출하면 될 테니 트랜스포터의 가격이 내려갈 겁니다. 민간인들이 부담을 적게 가져도 된다는 소리지요."

군사령부는 머리 아픈 문제는 뒤로 미루기로 했다.

"뭐, 그런 문제는 정부 각처의 지부장들께서 따로 논의하시지요. 저희들은 다른 문제에 집중하고 싶습니다."

"그래요. 그렇게 합시다."

"아무튼 강화수 소령의 이번 작전이 갖는 의의가 크니 그의 특진에 대해서 다시 한 번 논의하는 것이 어떻겠습니까?"

"특진이라……."

"아무리 그가 사유 회사를 가지고 있다 해도 공적은 공적입니다. 정부의 입장은 어떠신지요?"

"저희들이야 당연히 찬성이지요. 반대할 이유가 없지 않습니까?"

"그렇다면 현재 임시로 제정되어 있는 군법을 일부 변경해서 강화수 소령과 같은 사람들의 특별 군법을 제정하는 데 동의하시겠군요?"

"물론입니다. 노력한 만큼 상을 받는데 이의 없습니다."

"잘 알겠습니다. 그럼 군법을 개정하여 강화수 소령과 그 부하들의 포상 제도를 다시 검토하겠습니다."

"법안 통과는 저희들에게 맡겨두시고 법 제정에 신경을 써주시지요."

"그럽시다."

야차 부대의 공헌이 또다시 정부의 발을 빠르게 만들어주었다.

제3장

용의 둥지

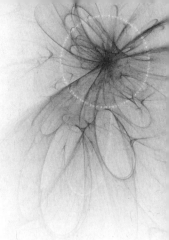

이른 아침, 야차 부대가 창진동 영림 아파트 단지 내로 진입했다.

최지하 상사를 비롯한 네 명의 수색조가 정밀 탐색을 펼친 결과, 내부에서는 몬스터의 흔적을 발견하지 못했다.

"안전지대인 것 같아."

"좋아, 이제 3인 1조로 나누어서 아파트 단지 한 호수씩 샅샅이 뒤져 마지막 남은 불안 요소를 제거할 수 있도록. 이번 작전이 끝나면 30분간 쉬었다가 가도록 하지."

"예, 대장님!"

화수는 황문식 상사와 강하나 소위를 데리고 영림 아파트 101동으로 들어갔다.

끼이익!

총 6개 동과 4개의 상가로 이뤄진 영림 아파트 단지에는 택배 수하물 센터, 도로와 단지를 연결하는 육교가 포함되어 있었다.

이미 편의 시설이나 수하물 센터 같은 야외 시설은 최지하 상사가 수색했으니 단지만 정밀 수색하면 될 것이다.

굳게 닫혀 있는 문을 열고 101동 안으로 들어선 화수는 매캐한 먼지 덩이와 마주했다.

"쿨럭쿨럭!"

"…사람이 살지 않았다는 티를 내는군."

"황 상사, 올라가면서 천천히 창문을 열고 가자고."

"예, 알겠습니다."

황문식 상사는 기계에 대한 조예가 깊어서 101동 안으로 들어서자마자 비상용 발전기부터 찾았다.

"지하실로 먼저 들어가시죠. 그곳에서 발전기를 돌리면 엘리베이터를 이용할 수도 있을 겁니다."

"으음, 그게 좋겠어. 불도 켤 겸."

세 사람은 아파트 지하실로 들어섰다.

쿠웅!

단단한 철문으로 막혀 있던 지하실에선 케케묵은 곰팡이 냄새와 기름 찌든 내 같은 것이 풍겨왔다.

"물이 새는 모양입니다."

"기계가 멀쩡할까?"

"보면 알겠지요."

황문식은 두꺼비집과 연결된 선을 따라서 이동하다가 이내 한 지점에 멈추어 섰다.

"찾았습니다."

"가동을 시켜보도록 하지."

그는 임시 발전기의 작동 레버를 힘껏 잡아당겼다.

드륵, 드르르륵!

이곳의 임시 발전기는 타이밍 벨트와 연결된 와이어를 잡아 당기면 실린더가 움직이면서 발전기가 알아서 움직이는 방식이었다.

부르르르릉, 탈탈탈!

"디젤로 움직이는 발전기입니다. 아마 10리터면 사나흘은 버틸 수 있겠군요."

"좋아, 이 정도면 충분해."

이제 화수와 강하나는 주변을 돌면서 각 층의 두꺼비집을 올려 전원을 연결시켰다.

타악!

오래된 지하실이긴 하지만 돌아갈 것은 다 돌아가는 모양인지 금세 불이 들어왔다.

"좀 낫군."

"올라가시죠."

"그러자고."

세 사람은 엘리베이터를 타고 한 층씩 수색하기로 했다.

딩동!

[1층입니다.]

1층에 올라선 화수와 수색조는 좌우를 경계하며 4개 호수를 차례대로 확인해 보았다.

"101호, 이상 없습니다."

"102호도 이상 없습니다."

차례대로 104호까지 확인한 화수가 다음 층으로 올라가려는데 엘리베이터가 움직였다.

[올라갑니다.]

"……?"

"누군가 있다."

"모두 엄폐할 수 있도록."

세 사람이 각자의 앞에 있는 엄폐 지역으로 숨어들어 엘리베이터를 겨냥했다.

철컥!

⋯10, 9, 8, 7⋯⋯.

아무도 없는 아파트의 엘리베이터가 움직인다는 것은 상당
히 이상한 일이다.

그들은 긴장감 가득한 표정으로 엘리베이터 문을 바라보았
다.

"후우⋯⋯."

숨을 고르며 가늠자를 바라보고 있던 세 사람의 시선이 조
금 누그러졌다.

딩동!

[1층입니다.]

"사, 살려주세요!"

"⋯사람?"

"구, 군인이신가요?!"

"예, 그렇습니다."

화수와 일행은 자신들의 앞에 선 여자를 바라보았다.

그녀는 커다란 카메라 가방과 목걸이 수첩을 걸고 있었다.

"이곳에서 사람이라니, 의외로군요."

"저, 저도 얼마 전에 왔어요. 폐허가 된 이후에 이곳을 찾은
거죠."

"몬스터가 우글거리는 폐허를 찾아왔다니 무엇 때문이죠?"

"⋯일단 이 을씨년스러운 곳에서 나간 다음 얘기 좀 할 수

있을까요?"

"뭐, 그럽시다."

화수는 그녀를 데리고 임시 중대 본부로 향했다.

*   *   *

야차 중대의 수색 결과, 여섯 개 아파트 단지에서 위험 요
소는 더 이상 발견되지 않았다.

아무래도 이곳 뒷산에 있는 등산로를 따라서 몬스터들이
출몰한 것이 아닌가 하는 결론이 내려졌다.

중대원들은 화수가 101동에서 데리고 온 여자를 바라보았
다.

"한양 일보 기자라……."

"사회부 기자 김지향이라고 합니다."

"기자 분이 왜 이런 위험지역까지 오신 겁니까? 이곳이 민
간인 통제구역이라는 사실은 알고 계시죠?"

"물론입니다. 그만한 위험을 감수하면서까지 취재를 해야
할 일이 생긴 것이죠."

그녀는 화수에게 아주 흥미로운 얘기를 꺼내놓았다.

"혹시 몬스터를 숭배하고 추앙하는 이들에 대한 얘기를 들
어보신 적 있습니까?"

"제례인가 뭔가 하는 놈들 말입니까?"

"그래요. 스스로를 몬스터의 부산물이라고 생각하는 사람들입니다. 그들이 숭배하는 제례교의 교리는 파괴입니다."

화수도 종말론자 집단 제례에 대해서 익히 알고 있었다.

제례교는 충남 지역에서 생겨났는데, 몬스터들의 부산물에서 자신들이 태어났다고 주장했다.

이 세상은 원래 몬스터들의 땅이며 남극의 미확인 생명체는 신의 아들이라는 것이 그들의 교리였다.

제례교, 그러니까 통칭 제례라고 불리는 집단은 몬스터들을 불법으로 포획하여 사육하거나 교배를 연구하는 등의 엽기적인 일을 자행해 왔다.

정부 각처와 군부에선 제례를 제1의 악의 축이라고 지정하고 대한민국 출입을 통제하고 있었으나 인터넷이 발달된 이곳에서 제례교의 교리는 어쩔 수 없이 퍼져 나갔다.

"한국의 제례교 인구는 대략 1만 5천 명, 이것은 인터넷으로 공개된 수치일 뿐이고 정확한 수치는 아닙니다."

"실제 수치는 몇 배는 더 있을 것으로 예상된다는 보고서를 읽은 적이 있습니다."

"그래요. 그 제례가 이곳을 황폐화시킨 주범입니다."

화수의 고개가 좌로 살짝 꺾였다.

"그게 무슨 말입니까?"

"이곳은 소백산 전투 지역에서 제법 떨어진 곳입니다. 사람들이 이곳을 위험지역이라 부르긴 하지만 이론대로라면 이곳만큼 단단한 방호시설을 갖춘 곳도 없습니다."

"으음, 확실히 그렇긴 하지요."

"하지만 이곳은 몬스터가 창궐한 지 5년 만인 2007년에 붕괴되어 주민들이 모두 이주해 나갔습니다. 그때의 사상자가 무려 500명에 이르지요."

"그래요. 맞습니다. 긴급 대피령이 떨어지고 나서 우리 야차부대도 이곳으로 동원되었었지요."

"그럼 잘 아시겠군요. 이곳의 방호시설은 외부가 아니라 내부에서부터 뚫렸다는 사실을요."

"……?"

화수는 고개를 갸웃거렸다.

"그게 무슨 말입니까?"

"내통자가 있었다는 뜻이지요."

"…몬스터와 사람이 내통을 해요?"

"아니요. 이곳에 제레의 내통자가 있었다는 뜻입니다."

"흐음."

"하지만 웃긴 것은 제레의 수장이자 제레 몬스터 연구소장이 이곳에 살고 있었고, 그때 실종되었다는 것이죠."

"그런 일이 있었습니까?"

"네, 분명 그런 적이 있었어요. 그에 대한 증거도 가지고 있고요."

"이상한 일이군요. 제레가 분열이라도 한 것일까요?"

그녀는 제레에 대한 자료를 화수에게 건넸다.

"시간이 난다면 한번 읽어보세요. 이 안에는 원래 제레가 국립 단체였고, 민간 자본으로 전환되면서 서서히 종교 단체로 변질되었다는 시료들이 들어 있습니다."

"그렇다면 원래의 제레는 종교 단체가 아니었다는 소리군요?"

"맞아요. 제레는 그냥 몬스터를 연구하는 집단이었을 뿐 교리를 세우는 이상한 사람들이 아니었습니다. 교리가 세워지고 난 후엔 교배와 사육 등을 자행하는 미친놈들이 생겨났고, 심지어는 S─11을 숭상하기까지 했지요. 제레의 수장은 그들의 행동을 막기 위해서 해체 수순을 밟고 있었습니다. 제레의 완벽한 분열을 꾀하였던 것이죠."

"하지만 그러던 도중에 실종된 것이다?"

"그렇습니다."

"흐음……."

그녀는 사진 한 장을 건넸다.

사진 속에는 깔끔한 정장을 입은 한 청년이 미소를 짓고 있었다.

"라영일 씨, 실종 당시에 37세였습니다. 그는 군에서 전역 후 대기업 산하 연구원에서 일했습니다. 생명공학을 전공했는데, 연구 성과가 꽤 좋아서 표창도 많이 받았죠. 몬스터 사태가 터지고 난 후엔 정부의 생명공학 연구소인 제레를 설립하고 연구에 박차를 가했습니다. 성과도 많이 냈어요."

"한 번쯤 본 것 같기는 하군요."

"그는 몬스터에 대한 해박한 지식을 가지고 있습니다. 만약 찾아낸다면 당신에게도 꽤 많은 도움이 될 겁니다."

"뭐, 그건 그렇습니다만, 그 난리 통에 사라진 사람을 어떻게 찾습니까?"

그녀는 화수에게 편지를 한 통 꺼내어 보여주었다.

"제레에서 온 투서입니다."

"투서?"

"소장의 반대파가 그를 사설 감옥에 감금시키고 있다는 것이었지요. 제레는 사설 기관이기 때문에 완벽한 인수를 위해선 소장이 꼭 필요합니다. 그래서 아직까지 감금시키고 있는 것 같아요."

화수는 편지에 수용 시설의 위치와 그곳의 지도 등이 첨부되어 있는 것을 확인했다.

아무래도 누군가 라영일을 빼내기 위해 작정하고 투서를 보낸 모양이다.

"이 사건, 분명히 뭔가 있어요. 투서에 따르면 아파트에 있는 라영일 씨 자택에 귀중한 연구 자료와 회사등기 등이 들어 있다고 해요. 조사를 해보면 진위 여부를 알 수 있을 겁니다."

"흐음, 그렇군요."

그녀가 들려준 이야기가 놀랍긴 하지만 야차 부대의 임무와는 별 상관이 없는 일이었다.

"아무튼 사정은 잘 알았습니다. 하지만 더 이상 이곳에 있는 것은 법적으로 문제가 됩니다. 그러니 나가주시죠."

"…그럴 수 없어요. 목숨을 걸고 이곳까지 왔는데 어떻게 나가요? 난 못 나가요."

"그럼 법적인 처벌을 받게 될 겁니다. 그래도 좋아요?"

김지향은 화수에게 거래를 제안했다.

"이곳에 부대가 주둔하고 있는 것은 레서 드래곤 때문이죠?"

"레서 드래곤?"

"제레에서 그렇게 부른대요. 붉은색 용 말이에요."

"……"

"만약 나에게 협조해 준다면 놈의 둥지를 알려줄게요."

순간, 야차 부대원들의 시선이 그녀의 얼굴로 모여들었다.

"…군사작전이 무슨 애들 장난처럼 보입니까?"

"만약 내 말이 틀리면 회사에 정식으로 항의하세요. 제가

스스로 감옥에 들어가겠습니다. 기자 명함을 빼앗기고 감옥에 들어가는 조건이면 믿을 만하지 않겠어요?"

"흐음……."

그녀의 신원 조회는 이미 끝난 후였고, 남은 것은 김지향이라는 여자가 내건 조건이 과연 합당한가에 대한 사실이다.

화수는 곰곰이 생각에 잠겼다.

"대장님, 이 여자의 말을 들으실 겁니까?"

"더 생각할 필요도 없습니다. 그냥 돌아가시죠. 괜히 떼죽음을 당하면 무슨 망신입니까?"

"맞습니다."

"하지만 이 여자의 말이 사실이라면 작전은 쉽게 끝날 겁니다. 그리고 더 나아가서 이번에 일어난 이상 현상에 대한 연구도 진행될 것이고 말입니다."

가만히 그녀를 바라보던 화수가 결론을 내렸다.

"그곳이 어디입니까?"

"대, 대장님?"

"갑시다. 앞장서요. 당신에게 협조해 주는 대신 레서 드래곤인지 나발인지의 둥지까지 당신이 앞장서서 안내해요. 그럼 믿겠습니다."

"나, 나더러 첨병이 되라고요?"

"그게 싫으면 그냥 나가시면 됩니다."

"끄응."

"할 겁니까, 말 겁니까?"

"좋아요. 기왕지사 목숨을 걸기로 한 것이면 화끈하게 길잡이를 해줄게요. 하지만 내 안전을 책임질 사람을 한 명 붙여 줘요."

"우리가 당신을 지켜줄 겁니다. 목숨을 잃을 걱정은 하지 않아도 좋아요."

"…알겠어요."

야차 부대는 그녀를 앞세워 레서 드래곤의 둥지로 향했다.

*   *   *

늦은 밤, 야차 중대원들은 오계리로 향했다.

오계리를 끼고 흐르는 홍계천을 따라 북상하던 화수는 이곳의 주변 환경이 눈에 띄게 바뀌어 있다는 것을 알 수 있있다.

어느새 하천은 전부 다 말라 있고 먹구름이 짙게 드리워져 있어 이곳이 하천인지 사막지대인지 구분이 되지 않았다.

"을씨년스럽게 변했군."

"놈의 행동반경 주변은 이렇게 사막화가 진행되고 있어요. 이곳보다 더 북쪽인 마을 회관 근처엔 공기마저 건조하죠."

그녀가 놈의 둥지로 지목한 곳은 오계리 마을 회관 지하에 있는 대형 곡물 건조장이었는데, 그 인근에 있는 하천이 모두 말라 지금은 이곳에서 물을 구하기가 힘들었다.

처음엔 그녀의 말에 반신반의하던 중대원들은 이제 슬슬 김지향의 말을 수긍하는 눈치였다.

"아주 거짓부렁은 아닌 모양이군."

"물론이죠. 내가 괜히 목숨까지 걸고 첨병을 서겠다고 했을까요."

이곳은 몬스터 상습 출몰 지역이라서 장갑차를 타고 이동했다간 주의를 끌어서 또다시 습격을 받을지도 몰랐다.

조금 고생스럽긴 하지만 목적지까지 걸어서 이동하기로 한 야차 부대였다.

잠시 후, 벽돌로 지은 마을 회관이 모습을 드러냈다.

까악, 까악!

대가리에 새빨간 피를 칠갑한 까마귀가 주변을 날아다니고 있고, 해는 전부 가려져 주변이 모두 어두침침했다.

김지향은 마을 회관 옆에 나 있는 길로 대원들을 안내했다.

"이곳으로 들어가면 곧장 지하실로 들어가는 길이 나올 겁니다."

"지하실에는 어떤 시설들이 있었지요?"

"자세한 것은 나도 잘 몰라요. 주로 이곳에서 거두어들인 곡식을 말리는 용도로 사용했고, 창고 한편에는 예전 군사시설에서 사용하던 대북 방송용 스피커가 있었다고 하더군요."

"전형적인 시골 마을의 공동 작업장이었던 것이군요."

"단 하나 특이한 점이 있다면 남북전쟁 당시의 장비들이 몇 가지 남아 있다는 정도?"

"요즘 같은 세상에 그게 뭐 대수겠습니까?"

"뭐, 그건 그렇죠."

"아무튼 한번 들어가 봅시다."

화수는 강하나 소위를 불렀다.

"강 소위, 이쪽으로."

"예!"

그가 돌아서라는 손짓을 하자, 강하나는 자연스럽게 뒤돌아서 등을 내밀었다.

이것은 화수와 강하나가 며칠 동안 함께하면서 터득하게 된 것인데, 두 사람은 말보다 수화가 더 잘 통하는 면이 있었다.

화수는 강하나의 배낭에 손을 집어넣고 뒤적거리기 시작했다.

"가방이 어지럽군."

"죄송합니다!"

"아니야. 전투가 보통 격렬했어야지. 그 상황에 가방이 차분하게 정리되어 있다는 것도 좀 이상하지 않겠어?"

"그건 그렇습니다!"

바로 그때, 화수가 잘못해서 뭔가를 툭 건드렸다.

철컥!

"어, 어어?"

"무, 뭘 건드리신 겁니까?"

"그, 글쎄요?"

순간, 강하나의 배낭에서 묵직한 중저음이 들려왔다.

부우우웅!

"이게 뭐야?"

"큭큭, 방귀 소리 같습니다."

"설마하니 사람의 방귀 소리를 녹음해 놓은 것은 아니겠지?"

"하하하!"

강하나가 얼굴을 붉힌다.

"아, 아닙니다. 이건 휴대용 음파 소화기입니다."

"소화기?"

"화재 진압용 소화기 말입니다. 그것을 배낭에 넣어놓은 것인데, 고정 핀이 빠져 버린 모양입니다."

"요즘은 그런 물건도 있어?"

화수는 손을 집어넣어 소화기를 꺼내 실물을 확인해 보았다.

소화기는 손바닥만 한 본체와 확성기로 이뤄져 있었는데, 확성기 안에는 작은 프로펠러가 들어가 있었다.

"대략 30~60Hz의 저주파 음향은 산소와 산화 물질을 분리

하는 역할을 합니다. 이러한 저주파는 음압이 앞뒤로 움직이면서 진행되는데, 이때 공기층을 뒤흔들어서 공간을 만들어냅니다. 그렇게 되면 불의 재점화를 막을 수 있게 되어 불이 꺼지는 것이죠."

"아하, 그러니까 음파가 앞뒤로 흔들리면서 지나가니까 불과 연소체를 떨어뜨려 놓을 수 있는 것이군."

"예, 그렇습니다."

"으음, 신기한 물건이군."

"그나저나 정말 불이 꺼지긴 하나?"

"물론입니다."

그녀는 가연성 물질에 불을 붙여놓고 확성기를 조립하여 즉시 소화 버튼을 눌렀다.

부우웅!

아주 짧은 순간이었으나, 분명히 음파가 지나가면서 순식간에 불을 꺼버렸다.

"오오!"

"성능이 꽤 괜찮은데?"

"헤헤, 그렇습니다."

"역시 얼리 어답터다운 물건이군."

"감사합니다!"

강하나의 배낭에는 없는 것이 없었는데, 팀이 어떤 물건을 필요로 할 때마다 그녀는 실망시키지 않고 그것을 찾아 꺼내어주었다.

마치 어린아이들처럼 물건을 구경하던 야차 부대가 다시 자리에서 일어섰다.

"험험, 이러고 있을 때가 아니지."

"그나저나 뭘 꺼내시려고 그런 겁니까?"

"상황판을 꺼내주게."

"예, 대장님."

그녀는 자석 장기판처럼 생긴 상황판을 꺼내어 화수에게 내밀었다.

화수는 휴대용 상황판에 유성 매직으로 이곳의 대략적인 도면을 그려 넣었다.

슥슥슥.

"이곳은 직사각형의 공간으로 되어 있다. 안에 뭐가 있을지 아무도 모르니 벽을 따라서 이동한다."

"예, 알겠습니다."

"저격수와 기관총사수를 보호하는 형식으로 진형을 짜고 수색대는 본진에서 대략 두세 보 떨어져서 수색을 펼친다."

"예, 대장님."

"자, 그럼 작전을 시작해 보자고."

화수는 강철 방패를 들고 선봉에 섰다.

철컹!

끼이이이익!

거대한 철문이 열리면서 야차 중대는 어둠 속으로 서서히
자취를 감추었다.

             *   *   *

지하실 안.

화수의 시야가 비홀더의 투시 시야로 전환되었다.

스스스스!

그는 투시 능력을 이용하여 이곳의 전경을 스윽 둘러보았
다.

―크르르르릉.

대략 2,500평쯤 되는 거대한 지하실에는 불덩이에 휩싸인
몬스터들이 곳곳에서 동면을 취하고 있었다.

화수는 부대원들에게 무전으로 아주 작게 속삭였다.

"전방에 적들이 동면을 취하고 있다."

―잘 안 보입니다만?

"무슨 껍질 같은 것으로 불길을 막고 있는 것 같아. 아무래
도 서로에게 피해를 주지 않기 위함이겠지."

―흐음, 그렇다면 이곳이야말로 가장 위험한 지역이 아니겠

습니까?

"그렇다고 볼 수 있지."

—그럼 이곳을 포격해서 몬스터들을 일망타진하는 편이 나을 것 같은데요?

"좋아, 이곳에 항공 폭격 유도장치를 설치한 후에 신속히 탈출한다."

—예, 알겠습니다.

이곳이 놈의 둥지인지 아닌지는 알 수 없지만 몬스터의 군락을 발견한 이상에야 그냥 지나칠 수는 없는 일이었다.

화수는 강하나 소위를 향해 손을 뻗었다.

"강 소위, 유도장치를……."

하지만 그의 손에 걸려야 할 강하나 소위가 만져지지 않았다.

"…강 소위?"

화수가 뒤를 돌아보니 강하나 소위가 대열에서 빠져 있었다.

그는 다급하게 무전기를 잡았다.

"강하나 소위, 강하나 소위 응답 바람!"

—강 소위가 없어졌다니 그게 무슨 소리입니까?

"내 뒤에 있어야 하는데 그녀가 없어졌다!"

——…하여간 이 사고뭉치 같으니!

최지하 상사는 화수의 무전을 듣자마자 선두 열에서 이탈하여 화수에게로 달려왔다.

"무슨 소리야?! 우리 애기가 없어졌다니!"

"방금 전까지만 해도 내 뒤에 있던 강하나 소위가 없어졌어. 아무래도 몬스터들에 의해 대열에서 이탈한 것 같아."

"그게 가능한가? 우리가 수색을 펼치고 있었다고!"

"아무리 수색조의 능력이 뛰어나도 후위 열을 살필 수는 없다."

"그렇다면 그녀의 뒷줄에 있던 놈들은?"

"언제부터인가 없었습니다. 저희들은 대장님의 콜을 받고 앞으로 나간 줄 알았습니다."

"…그게 핑계야?!"

최지하가 강하나의 뒤에 서 있던 김재성 중사의 가슴팍을 발로 걷어찼다.

퍼억!

"으윽!"

"네놈은 기관총사수라는 놈이 분대의 상황을 놓치고 다니나?!"

"죄송합니다."

"만약 전장에서 전우를 잃는다면 내가 네놈을 용서하지 않을 것이다."

기관총사수는 분대의 원활한 전투를 위해서 기관총을 잡기도 하지만 부대의 특성상 야차 중대의 대열을 살피는 역할을 한다.

그녀가 어떤 이유에서 없어졌든 간에 그에게도 절반쯤 책임이 있다는 소리다.

화수가 쓰러져 있는 그의 손을 잡아 일으켜 세웠다.

"일어나라. 지금은 우리끼리 잘잘못을 따지고 있을 때가 아니야. 이대로 시간이 더 지나면 강하나 소위를 영영 찾을 수 없을 것이다."

"맞아. 몬스터의 전멸도 좋지만 사람이 죽어선 안 되는 일이지."

두 사람의 의견을 모두 자연스럽게 수렴했으나 김예린 대위는 그것에 정면으로 반박했다.

"한 사람 때문에 모두가 죽자는 말입니까?"

"…뭐요?"

"이봐요, 최지하 상사. 당신의 그 알량한 정의심 때문에 우리 모두가 죽으면 좋겠어요?"

"알량한 정의심?! 당신 같은 사관 출신 장교가 전장에 대해 알아?! 전우를 잃은 심정을 아느냐고!"

"그걸 내가 꼭 알아야 합니까? 나는 부중대장으로서 정확한 결단을 내릴 뿐입니다."

"이런 씨발!"

최지하가 그녀를 묵사발 낼 기세로 달려들었지만 김예린 역시 결코 쉬운 상대는 아니었다.

"…몇 대 쥐어 터지면 그 입 다물겠지?"

"후후, 쉽지는 않을 겁니다."

화수는 두 사람을 만류했다.

"그만, 그만해. 두 사람 모두 이쯤에서 그만두지 않으면 이
곳에서 얼차려를 받을 줄 알아."

"……."

그는 차분하게 상황을 정리했다.

"좋아, 이대로 시간을 더 지체했다간 무슨 일이 일어날지
아무도 모른다."

화수는 이예진 중사를 바라보며 물었다.

"이 중사, 이곳에 항공기 폭격을 유도할 수 있는 방법이 뭐
가 있지?"

"가장 좋은 방법은 직접 좌표를 산출하고 무전으로 포격을
유도하는 것입니다."

"지금 당장 할 수 있겠나?"

"장갑차에 연대와 직통으로 연결되는 위성 전화가 있습니
다. 좌표를 산출하고 그것을 공군기지에 전달하기만 하면 됩
니다."

"그에 걸리는 시간은?"

"최대 3분입니다."

화수는 이예진과 황문식을 밖으로 내보내고 이곳을 수색하기로 했다.

"이예진 중사와 황문식 상사는 밖으로 나가서 좌표를 산출하고 15분간 포격 대기를 한다. 그 이후에도 아무런 움직임이 없다면 전 대원 철수다. 알겠나?"

"하, 하지만 15분 만에 그녀를 구하지 못하게 된다면……."

"별수 없다. 한 사람 때문에 모두가 다 죽을 수는 없어."

"……."

"이봐요, 기자 양반."

"네, 네!"

"당신도 함께 나가 계세요."

"아, 알겠습니다."

중대장으로서 한 사람의 부하보다는 모두를 생각해야 하는 화수의 심경도 그리 썩 좋지는 못했다. 하지만 그에게 있어선 이것이 최선의 방책이었다.

'제발 죽지 말고 살아 있어라.'

야차 중대의 발걸음이 바쁘게 움직였다.

제4장
최고의 상관

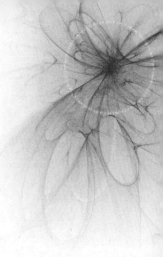

　수색 5분째, 화수가 투시 능력으로 전방을 주시하고 있다.

　'족적도 없고 끌려간 흔적도 없다. 그런데 사람이 없어졌다?'

　이곳은 총 25개의 기둥과 네 개의 문으로 이뤄져 있는데, 바닥에는 언제 들어온 것인지 알 수 없는 모래가 잔뜩 깔려 있었다.

　거의 백사장 수준으로 깔린 모래 때문에 사람이 사라졌다면 바닥에 그 흔적이 남아야 정상이다.

　그러나 강하나 소위가 사라졌음에도 불구하고 이곳에는 끌려간 흔적은 물론이고 족적조차 남아 있지 않았다.

화수는 깊은 생각에 잠겼다.

'사람이 발자국을 남기지 않고 사라질 수 있는 경우의 수는……'

바로 그때, 화수의 시선이 천장으로 향했다.

—크르르르르릉!

순간 화수는 재빨리 고개를 돌렸다.

'이런 빌어먹을, 범인이 바로 저기에 있었군.'

이곳의 천장에는 인간의 몸통과 얼굴에 박쥐의 날개를 가진 간쥐 인간들이 자리하고 있었다.

화수는 아주 조용히 최지하 상사에게 수신호를 보냈다.

"……."

그녀는 빠르게 중대 전원에게 소식을 알렸고, 그들은 화수를 필두로 다시 모여들어 밀집대형을 만들었다.

화수가 수화로 중대원들에게 말했다.

'아무래도 이놈들이 강 소위를 납치한 것 같다.'

'그럼 지금 당장 족쳐서 흔적을 쫓으시죠.'

'만약 그랬다가 저 엄청난 숫자의 몬스터를 깨우게 된다면?'

'그렇긴 합니다만……'

간쥐 인간의 숫자는 대략 100마리 내외. 집중사격으로 물리친다면 충분히 상대할 수 있었다.

하지만 저 불덩이를 머금고 있는 놈들이 깨어난다면 도무지 상대할 재간이 없을 것 같다.

화수는 여기서 자신이 할 수 있는 최선의 방책을 찾아내야 했다.

'대장님, 시간이 별로 없습니다!'

"……."

깊은 생각에 잠겨 있던 화수는 강하나 소위의 귀여운 미소를 떠올렸다.

'…큰일이군.'

바로 그때, 그의 뇌리를 스치는 뭔가가 있었다.

'사자후?'

사자후는 공기에 내공을 실어서 보내는 일종의 외공인데, 음공의 대가들은 이것으로 적을 기절시키거나 죽이는 경우도 있었다.

천마신공의 경우엔 그저 소리를 조금 더 크게 만들어내는 수준에 지나지 않았지만, 화수는 전생에 안 배운 무공이 없는 사람이다.

그는 음공으로 불을 꺼서 몬스터들의 힘을 약화시킬 수 있지 않을까 하는 생각을 해보았다.

화수는 이내 결단을 내렸다.

"전 대원 사격 준비."

"사, 사격이요?"

"기관총사수를 중심으로 화망을 구성한다. 목표는 머리 위의 간쥐 인간이다. 전원 사격 준비!"

화수의 명령이 떨어지자 대원들이 전부 총구를 천장으로 향하게 했다.

철컥!

"발사!"

두두두두두두!

총이 불을 뿜자 천장에 매달려 있던 간쥐 인간들이 미친 듯이 아래로 쏟아져 내렸다.

―키아아아아악!

쏴아아아아아!

시원한 바람을 일으키는 그들의 날갯짓에 대원들의 인상이 절로 찌푸려진다.

"…숫자가 꽤 많군."

"숫자가 많은 만큼 기관총으로 갈기는 맛은 좋아집니다!"

다다다다다다다!

김재성 중사의 중기관총에 맞은 간쥐 인간들이 추풍낙엽처럼 우르르 떨어져 내렸다.

―키헥, 키헥, 키헥!

야차 중대가 한차례 난리법석을 떨자, 주변에 있던 엄청난 숫자의 몬스터들이 일제히 깨어났다.

화르르르륵!

놈들이 뿜어낸 열기로 인하여 박쥐 인간의 일부가 불에 타 버렸다.

―끼혜에에엑!

"…엄청난 열기군."

"대장님, 이젠 어쩝니까?!"

"모두 귀 꽉 막게!"

"귀, 귀를 막아요?!"

화수의 명령에 의해 야차 중대원들이 전부 귀를 막자 화수 는 전방으로 사자후를 낮게 터뜨렸다.

스스스스스!

"우워어어어어어어!"

중저음의 굵직한 사자후가 멀리 퍼져 나갔는데, 이 진동으 로 인해 놀란 간쥐 인간들이 날개를 펄럭거려서 음파가 불길 을 더욱 격렬하게 흔들었다.

우웅, 우웅, 우웅, 우웅!

속이 다 울렁거릴 정도로 깊숙한 진동이 울려 퍼지자, 지하 실의 기둥과 천장이 아주 큰 폭으로 움직였다.

쿠그그그그!

잘못하면 건물이 주저앉을 수도 있는 상황이었으나 불을

끄는 데 아주 탁월한 효과를 가져왔다.

팟!

—끄워어어어어!

"부, 불길이 사그라졌어?!"

"허, 허어!"

"…성공이다!"

몬스터의 온몸을 감싸고 있던 불길이 사그라지자, 놈들은 하나둘 구석으로 옹기종기 모여들어 몸을 사리기 시작했다.

아무래도 표면의 온도가 낮아져서 더 이상 움직이기가 힘들어지는 모양이다.

쿵, 쿵, 쿵, 쿵!

몬스터들이 전부 다 구석으로 밀착하자, 그 가운데 있던 강하나 소위가 모습을 드러냈다.

"쿨럭쿨럭!"

"강하나 소위?!"

"대, 대장님!"

"다친 곳은 없나?!"

"노, 놈들이 다리를 물어서……."

"할 수 없지."

화수가 강하나 소위를 어깨에 들쳐 멨다.

척!

"어, 어어?!"

"전 대원 주목!"

"주목!"

"지금 당장 탈출을 감행한다! 현재 시간 21시 18분, 21시 20분까지 탈출을 완료한다!"

"예!"

"출발!"

이예진 중사와 약속한 시간은 21시 20분. 만약 1초라도 늦는다면 중대 전체가 사망하는 불상사가 일어나고 말 것이다.

화수는 강하나 소위를 들쳐 메고 전력으로 내달리기 시작했다.

"후우, 후우!"

"죄, 죄송합니다! 괜히 저 때문에……."

"죄송할 것 없다. 전장에서 다리를 다치는 일은 다반사니까."

화수는 활짝 열려 있는 지하실 문 앞에 멈추어 섰다.

"전부 신속하게 대피해라!"

"예!"

중대원들이 전부 지하실을 빠져나갔을 때쯤, 화수의 뒤로 박쥐 떼가 날아왔다.

─키하아아아아아악!

"어, 엄마야!"

"이런 제기랄!"

박쥐 떼는 끈질기게 강하나 소위의 몸을 잡아끌었고, 화수는 그놈들에게 일일이 장을 먹였다.

"이거나 먹어라!"

콰앙!

ㅡ키헥!

장 한 대에 몬스터 한 마리가 나가떨어졌지만, 놈들의 파상 공세는 끝을 알 수 없을 정도로 이어졌다.

그리고 바로 그때, 박쥐 떼를 뚫고 레서 드래곤이 스멀스멀 기어 나왔다.

스으으으윽!

바닥을 미끄러지듯이 기어 나온 놈은 아가리를 벌려 화수를 집어삼키려 했다.

ㅡ크아아아아아아!

"어디서 냄새나는 입을……!"

화수는 주먹에 불을 일으켜 놈의 송곳니를 쥐어박아 버렸다.

까앙!

쩌저저저적!

ㅡ크아아아앙!

화수의 주먹에 이빨을 가격 당한 레서 드래곤이 꿈틀거리며 몸부림치는 바람에 놈의 꼬리가 화수의 몸통을 후려치게 되었다.

퍼억!

"끄헉?!"

"으아아아악!"

화수와 함께 3미터가 넘게 날려간 강하나는 바닥에 널브러지고 말았다.

"강 소위!"

바로 그때, 화수의 눈앞에서 지하실의 문이 닫히고 말았다.

쿠웅!

"......"

—크르르르릉!

"이런 씨부랄."

자신도 모르게 욕지거리가 튀어나온 화수였다.

                    *   *   *

마을 회관, 야차 중대 장갑차 앞.

"…폭격을 유도하십시오."

"이게 정말 미쳤나?! 저 안에 사람이 둘이나 있는 것을 몰라서 지껄이는 거야?!"

"두 사람에겐 안된 일입니다만, 저 레서 드래곤인가 뭔가 하는 놈이 다시 날아오르면 더 많은 사람이 죽을 겁니다. 당신은 두 사람을 구하기 위해 연대 병력을 버릴 셈입니까?"

"그렇다고 멀쩡히 살아 있는 사람들을 그냥 버리자고?!"

"그럼 어떻게 할 건데요? 지금 들어가 저 사람들을 구하기라도 하잔 말입니까?"

"…저 사람들?! 네년은 전우들을 그렇게 남처럼 대하나?!"

"남이 아닙니다. 전우 맞습니다. 그렇기에 더더욱 폭격 지원을 요청해야 합니다. 지금 우리가 저 안으로 들어가면 항명입니다. 중대장님 말씀 못 들었어요?"

"뭐야?!"

최지하 상사는 그녀의 멱살을 틀어쥔 손에 더욱 힘을 주다가 이내 손을 놓았다.

"…좋아, 네가 안 간다면 나라도 간다."

"최지하 상사, 돌아섭니다."

"난 들어갈 거다. 나를 따를 사람이 있다면……."

철컥!

김예린 대위가 그녀의 머리에 권총을 겨누었다.

"최지하 상사, 명령이다. 지금부터 내가 이 중대를 지휘한다. 부중대장으로서 명령한다. 대열로 복귀한다. 실시!"

"뭐, 뭐야?! 이게 정말……."

"복귀한다! 실시! 항명할 시엔 즉결 처분으로 죄를 물을 것이다!"

그녀는 정말로 최지하를 쏠 기세였고, 그렇게 되면 최지하
는 명령 불복종으로 총살당한 사람이 된다.

부하들이 최지하 상사의 팔다리를 붙잡고 말렸다.

"최 상사님, 그냥 말씀 들으시죠!"

"이거 놔?!"

"오늘 하루만 참으십시오! 중대장님께서도 이해하실 겁니
다!"

"…이거 놔! 안 놓으면 너희들 모두 다 뒤질 줄 알아!"

최지하가 부하들과 실랑이를 벌이고 있는 사이, 김예린 대
위가 이예진 중사에게 말했다.

"폭격 지원 요청을 실시하십시오."

"…못 합니다."

"부중대장으로서 명령합니다. 폭격 지원을 요청하세요."

"안 됩니다. 난 못 하겠어요."

그녀는 이예진 중사의 뺨을 후려쳤다.

짜악!

"…어떻게 된 군대가 이렇게 물러 터졌어! 명령이다! 무전
요청을 내려!"

"……."

"다시 한 번 말한다! 폭격 지원을 요청해라!"

"…못 합니다!"

"어서 해! 명령에 불복종하면 즉결 처분이다! 불명예제대하고 싶어?!"

"싫습니다!"

"좋아, 네가 안 하면 내가 한다! 비켜!"

그녀는 계산판에 적혀 있는 좌표를 가지고 폭격 지원을 요청했다.

"여기는 야차, 둥지 나와라. 이상!"

─치익, 여기는 둥지.

"해당 좌표에 폭격 지원 및 포격 요청 바람!"

─입감, 목표물의 좌표를 정확하게 송달하기 바람.

"좌표, 찰리, 브라보 466.567.445.＊＊＊! 반복한다."

그녀의 지원 요청이 떨어지자마자 인근에서 대기하고 있던 공군이 움직이기 시작했다.

─카운터 3분, 3분 안에 폭격한다. FK─15 전투기의 미사일 폭격과 포병 부대의 정밀 타격이 이어질 것이다. 델타 54지역으로 이동하라. 이상.

"입감."

이제 이들에게 남은 시간은 1분도 채 되지 않았다.

"황 상사, 출발 준비하세요!"

"예, 부중대장님."

부르르르르릉!

최지하 상사가 그녀를 죽일 듯이 노려보았다.

"…죽인다!"

"죽일 때 죽이더라도 타라. 그렇지 않으면 지금 내가 너를 죽인다."

"……."

부대원들에게 손발이 묶여 장갑차에 탑승한 최지하 상사가 비명을 지르며 위험 지역을 떠나갔다.

"대장, 대장, 대장!"

부아아아아아앙!

이윽고 마을 회관으로 포병 병력 2개 대대의 엄청난 화력이 집중되었다.

쾅쾅쾅, 콰앙!

*　　　　*　　　　*

쿠르르르릉, 콰앙!

포격이 몰아치는 가운데 화수의 신형과 레서 드래곤의 신형이 뒤엉킨다.

"이런 용가리 통뼈 같은 자식, 끝까지 말썽이구나!"

―크르르르릉, 카아아아아앙!

거대한 레서 드래곤의 아가리가 화수를 덮쳐오자 그는 권으로 턱주가리를 올려붙였다.

—크훼에엑

"…좀 죽어라!"

레서 드래곤이 어떤 생명체인지는 알 수 없으나, 그 가죽과 뼈의 단단함이 가히 타의 추종을 불허할 정도라는 것은 틀림없는 사실인 것 같았다.

놈은 화수에게 턱을 얻어맞자마자 입에서 거센 불을 뿜어냈다.

화르르르륵!

섭씨 수천 도에 이르는 불길이 지나간 자리에는 그을음과 잿더미만 남을 뿐 그 어떤 것도 남아 있지 않았다.

화수는 놈의 불길에는 화염뿐만 아니라 고농도 산성 물질까지 함께 섞여 있다는 것을 알 수 있었다.

그는 보법을 밟아 간신히 불길을 피해냈다.

파밧!

하지만 정통으로 떨어진 포탄의 파편에 대단한 타격을 입고 말았다.

콰앙!

"크허억!"

"대장님!"

"쿨럭! 난 괜찮아."

"이, 이러다가 다 죽겠어요! 제가 이곳에 남겠습니다. 대장님 혼자만이라도 밖으로 나가십시오!"

화수는 실소를 흘렸다.

"…후후, 내가 아무리 끝이라고 해도 자네 같은 꼬맹이만 남기고 갈 사람으로 보이나?"

"그, 그렇긴 합니다만……."

"우린 반드시 살아남아. 이상한 생각 말고 집중해서 잘 따라와."

"예!"

화수는 이렇게 초연하게 말하고 있는 동안에도 자신이 곧 죽을 수도 있다고 생각했다.

이미 한 번 죽음을 경험한 화수는 죽음을 앞둔 느낌을 너무나도 잘 알고 있었다.

'최소한 강하나 소위만이라도 살려서 보내야 한다!'

이미 죽은 경험이 있는 자신보다 강하나가 나가는 것이 낫다고 판단했다.

쿵쿵쿵, 콰앙!

이제 슬슬 본격적인 폭격이 시작되려는 모양이다.

"약이 바짝 오른 만큼 아주 독을 품고 쏟아내는군."

"대, 대장님……!"

화수는 그녀를 감싸 안았다.

"내가 지하 수로에서 보여준 것 기억하나?"

"예, 대장님."

"이번에도 마찬가지다. 난 불에 타지 않아."

"그렇지만 저놈은 다릅니다. 그리고 미사일과 네이팜탄의 위력은……."

"안 죽는다. 나를 믿어."

화수는 자신의 내공을 모두 끌어 올려 호신강기를 만들어냈다.

스스스스!

하늘에서 미사일이 떨어지려던 찰나, 레서 드래곤이 그것의 위에 불을 뿜었다.

—크아아아아앙!

콰과과광!

"이, 이런 빌어먹을!"

"미, 미사일을 파괴시켰어?!"

어처구니없게도 레서 드래곤이 미사일을 파괴시켜서 탄착 지점에 탄두가 안착하지는 못했으나, 그 안의 충진물이 터지면서 드래곤의 불길과 함께 섞여 불바다를 만들어 버렸다.

화아아아아악!

화수는 호신강기로 그 불길을 막아냈다.

끼기기기기긱!

"으, 으으으윽!"

"대장님!"

그는 자신의 호신강기에 조금씩 금이 가고 있다는 것을 알수 있었다.

'이렇게 죽을 모양이군.'

화수가 죽음을 직감한 바로 그 순간, 하늘에서 붉은색 빛이 반짝였다.

파지직!

그리곤 그 불빛이 엄청난 크기의 스파크를 만들어내며 화력을 폭발시켰다.

푸슈슈슈슈숙!

"크으으으윽!"

"아아……!"

"강하나 소위!"

화력의 폭발이 만들어낸 후폭풍으로 인해 강하나는 기절해 버렸고, 화수의 호신강기는 완전히 깨져 버렸다.

그는 이 또한 레서 드래곤의 능력이라고 생각했다.

"놈, 도대체 정체가 뭐야?!"

하지만 화수의 그런 생각은 여지없이 깨지고 만다.

파지지지지직, 콰앙!

—크아아아아앙!

"레서 드래곤을 쓰러뜨려?!"

한 줄기 빛이 만들어낸 스파크에 맞은 레서 드래곤이 사망해 버렸고, 그 빛은 다시 인간의 형상으로 재탄생하였다.

빛으로 만들어진 인간의 형태는 화수를 일으켜 심장에 손을 찔러 넣었다.

퍼억!

"크허억?!"

"…불완전한 융화는 오히려 독이 될 뿐이다."

그는 화수의 심장에 레서 드래곤의 심장을 뽑아서 집어 넣었다.

푸하아아악!

"끄아아아아악!"

마치 불에 타는 듯이 엄청난 고통이 밀려오는 가운데 정체불명의 초인이 화수에게 말했다.

"강인한 영혼을 가졌군."

"쿨럭쿨럭!"

"또 보자."

그는 다시 사라져 버렸고, 화수는 강하나 소위를 끌어안은 채 잠에 빠져들었다.

*　　　*　　　*

공군과 포병의 무차별 폭격이 있던 오계리 마을 회관에 보병 부대가 투입되었다.

수도 기갑 사령부 예하 전차 부대가 앞장서서 오계리 마을 회관 앞에 자리를 잡았고, 야차 중대가 회관 지하실을 수색하기로 했다.

최지하 상사는 중대원들을 이끌고 지하실 문을 두드렸다.

쿵쿵쿵!

"대장님! 정신이 좀 들어?!"

"⋯⋯."

여전히 아무런 대답이 들리지 않는 지하실 문을 한참이나 두드리던 그녀는 이내 절단기로 철문을 떼어내기로 했다.

"열자고."

"예, 알겠습니다."

공병대가 용접 절단기를 동원하여 철문을 떼어내기 시작했다.

지이이이이이잉, 치이이이이익!

산소 용접기와 결합된 절단기가 철문의 이음새를 녹여내자, 그 안을 가득 채우고 있던 열기가 문을 뚫고 나왔다.

휘이이이잉!

"으윽!"

"…엄청난 열기입니다. 만약 방호복을 입지 않았다면 불에 타 죽었을지도 모릅니다."

"……."

지금 이곳에 수색을 나온 사람들은 용암에서도 버틸 수 있는 방호복을 입고 있었는데, 그럼에도 불구하고 그 열기가 피부에 직접 느껴질 정도였다.

수색대원들과 공병대는 화수가 목숨을 거두었다고 믿을 수밖에 없었다.

하지만 시신이라도 건진다는 생각을 가지고 있던 최지하 상사와 그 부하들이 지하실로 들어섰다.

바로 그때, 지하실 입구 바로 위에서 한 인영이 뚝 떨어져 내렸다.

쿠웅!

"뭐, 뭐야?!"

"늦었군. 사람 다 타 죽고 나서 나타날 셈이야?"

"대, 대장님?!"

최지하 상사는 화수의 머리털을 휘어잡았다.

뚜두둑!

"으, 으으으윽! 이게 정말 미쳤나?!"

"이 화상아! 갑자기 그렇게 사라지면 어떻게 해?! 사람 속다 터져서 죽는 꼴을 보고 싶어서 그래?!"

"하하, 살아 있으니 된 것 아니냐?"

"…하여간 정말!"

화수의 등에 업혀 있던 강하나가 고개를 내밀며 외쳤다.

"소, 소위 강하나! 다시는 사라지지 않겠습니다!"

"꼬맹아! 이 언니 죽는 꼴 보고 싶어서 그래?!"

"죄, 죄송합니다!"

그녀는 그제야 안도의 한숨을 내쉬었다.

이른 아침, 자운 화학의 영업팀이 대형 트레일러 열 대와 크레인을 대동한 채 오계리를 찾았다.

쨱쨱!

이제 다시 삶의 터전을 찾은 산새들이 지저귀는 소리가 들리는 가운데, 몬스터 시신의 수습이 이어졌다.

김상진은 각종 몬스터의 시신을 바라보며 함박웃음을 지었다.

"이야, 이게 다 뭐야?! 이건 뭐, 드레이크도 아니고 코카트리스도 아니고!"

"엑스레이를 찍어서 내부를 확인하고 절단하는 것이 좋아. 가죽과 비늘의 단단함이 남다르거든."

"이 정도면 정말 부르는 것이 값이겠어! 강 상사, 내가 강 상사를 따라나선 보람이 있네?"

"후후, 그럼 되었어."

한창 현장을 시찰하고 있던 화수에게 한 여자가 달려왔다.

"사, 사장님!"

"누구세요?"

"새로 입사한 경리입니다. 사장님과 이사님들의 경리 업무를 대신 담당하게 될 겁니다."

"아, 그렇군요."

덤덤하게 말하는 화수에게 그녀가 물었다.

"저, 혹시⋯⋯."

"말씀하시죠."

화수는 그녀의 명찰을 바라보았다.

"진영월 씨? 하실 말씀이라도⋯⋯."

"아, 아닙니다. 그냥⋯⋯."

흔들리는 그녀의 눈빛을 바라본 화수가 고개를 갸웃거렸다.

"왜 그러십니까? 나를 알아요?"

"아, 아닙니다! 앞으로 잘 부탁드립니다."

"네, 그래요."

그녀는 한동안 멍한 눈으로 화수를 바라보았다.

제5장

소백산

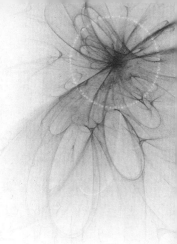

소백산 죽령 터널 안.

소백산 토벌 작전 특별 연대 병력 1,500명이 터널 안을 정밀 수색 중이다.

―여기는 찰리, 델타 응답 바람.

―여기는 델타.

―소백산 계곡 점령 완료했다. 델타의 상황은 어떠한가?

―산맥 진입로 점령 완료 후 휴게소를 정밀 탐색 중이다.

―알겠다.

이제 죽령 터널을 모두 점령해 놓았으니 기차와 트럭으로 물자를 실어 나를 수 있게 되었다.

야차 부대는 죽령 터널 허리에서 핸들을 틀어 옛 등산로를 타고 소백산 중턱으로 향하고 있었다.

부아아아아아앙!

본래의 등산로였다면 장갑차가 지나다닐 수 없겠으나 지금은 입산 금지가 걸려 전혀 무리가 없었다.

며칠 전 레서 드래곤이 죽으면서 몬스터들의 파상 공세가 한 풀 꺾였기 때문이다.

야차 중대는 놈이 이곳의 지배자, 그러니까 우두머리나 보스라고 생각했다.

몬스터도 자신만의 영역을 구축하고 지배 영향을 끼치는데, 아무래도 이번 사건 역시 마찬가지로 보였다.

놈은 처음 이곳에 안착하고 산맥 아래와 둥지를 오가면서 세력을 구축했을 것이다.

이 엄청난 세력권을 유지하던 놈이 사라지고 나니 몬스터들의 구심점이 사라져 무리가 와해된 것이다.

얼마 전까지만 해도 사람을 잡아먹지 못해 안달이던 몬스터들이 이제는 슬금슬금 사람을 피해 다니는 형국이었다.

"전방에 골렘 무리입니다!"

쿵, 쿵, 쿵!

골렘들은 산비탈 아래로 무리를 지어 이동하고 있었는데,

장갑차 소리를 듣자마자 몸을 웅크리고 앉아버렸다.

아무래도 놈들은 인간을 두려워하는 것으로밖에 볼 수 없었다.

"이놈들이 다들 정신이 나갔나? 왜 저래?"

"레서 드래곤이 사라지면서 무리 생활의 패턴이 깨져 버린 거지. 한마디로 우두머리가 없어진 거야."

"아아, 그래서 저렇게 다들 허둥지둥 난리를 피우고 있는 것이군요."

"그렇다고 볼 수 있지."

잠시 후, 야차 중대가 무사히 첫 번째 봉우리인 킬로―1에 도착했다.

그들이 봉우리에 도착하니 곧바로 무전이 날아들었다.

―여기는 둥지, 야차 응답 바람.

"여기는 야차."

―킬로―1의 상황은 어떠한가?

"아주 한가하다."

―다행이군.

이제 화수가 이곳에 베이스캠프를 치게 되면 1,500명의 대부대가 진입하여 특별 연대 본부를 구축하고 산맥을 따라 보병이 진군하게 될 것이다.

지금부터 야차 중대가 해야 할 임무는 산악용 전술 차량을 타고 다니면서 몬스터들의 동태를 살피는 일이다.

"자자, 어서 움직이자고. 이번 작전이 끝나면 곧바로 부대정비다. 다음 작전이 있을 때까지 휴가인 셈이지."

"오오!"

"조금만 더 힘을 내자고."

"예!"

야차 중대원들은 전술 차량으로 갈아타고 산비탈을 내달리게 될 것이다.

*   *   *

보름 후, 야차 중대는 소백산 마지막 작전지역인 의풍에 도착했다.

화수는 무전기로 특별 연대에 작전 완료를 알렸다.

"여기는 야차, 둥지 응답 바람."

─여기는 둥지.

"엑스레이 9번 지역에 도착했다."

─상황을 보고 바람.

"이상 무, 적의 위협은 없다."

─알겠다. 작전을 완료한다. 수고 많았다.

"입감."

드디어 길었던 작전이 끝나는 소리가 들려왔다.

"작전이 완료되었다. 연대장님의 짧은 강평이 있을 것이다.
강평만 듣고 부대로 복귀한다."

"예!"

드디어 집으로 돌아갈 수 있게 된 화수이다.

야차 중대의 작전 후 강평이 이어졌다.

특별 연대장은 합동 참모부 소속 박함익 소장으로 합동 참
모부에서 유일하게 몬스터 수렵 관련 학위를 준비하고 있었
다.

그는 화수가 전개한 작전에 대해 찬사를 아끼지 않았고, 이
번 작전에서 세운 공을 치하하였다.

"합동 참모부에서 합참의장 표창을 수여하기로 했다. 강화
수 소령, 앞으로."

"소령 강화수!"

"귀관은 뛰어난 전술과 용감한 리더십으로 부대를 이끌었
으며, 불가능하다고 판단되었던 작전을 성공으로 이끌었음에
이 표창을 수여한다."

"박수!"

짝짝짝짝!

비상시국에 재난을 방어한 화수에게 주어진 이 표창은 앞

으로 화수가 중령으로 진급하는 데 있어서 아주 중요한 역할을 할 것이다.

물론 이대로 화수가 몇 건의 사건을 더 해결하게 된다면 장성을 바라보는 것도 무리는 아닐 터였다.

박함익은 화수의 표창을 끝낸 후 곧바로 부대 표창을 시상했다.

"이번 표창은 대통령 표창이다. 부대장, 앞으로."

"소령 강화수!"

"위 부대는 국가 재난을 방어하고 국익에 증진한 바가 크므로 이 표창을 수여한다. 대통령 대독."

"충성!"

"그래, 충성."

박함익은 곧바로 부상에 대해 설명했다.

"부대원 전원에게 보너스 수당을 지급하고 1계급 특진을 명령한다. 부대가 창설되고 난 후 특진이라는 영예를 한 번도 받지 못한 것으로 안다. 해서 각하께서 특별히 신경 쓰셨다고 하더군. 모두 즐거운 마음으로 포상을 받도록."

"감사합니다!"

"강화수 소령은 다음 진급 심사에서 중령 진으로 진급될 것이다. 지금 당장 진급하지 못한다고 해서 서운해하지는 말도록."

"예, 알겠습니다!"

"아 참, 그리고 최지하 상사와 황문식 상사는 원사로 진급하는 영예를 안을 권리도 있지만 장교로 임관할 수도 있다. 호봉은 두 배로 쳐주겠다."

"괜찮습니다. 그냥 이대로 부사관이 좋습니다."

"으음, 그렇다면 별수 없고. 하지만 생각이 바뀌면 바로 말해주게."

지금 수렵 부대 장교들의 숫자는 사병들에 비해 터무니없이 부족한 실정이었다.

일반 보병에서 차출된 수렵 부대원들은 주로 후방에서 소형 몬스터를 처리하거나 전투의 후 처리를 담당하게 된다.

물론 대형 전투가 벌어지면 모두가 전투에 나서지만 대부분은 보급이나 후방 전투에 머물게 된다.

이런 체계에서 부사관들의 역할은 아주 중요하지만 그들을 지휘할 지휘관이 드물다는 것이 문제였다.

일반 장교들이 수렵 부대에 자원하는 경우는 거의 없기 때문에 차출이 아니고선 위관급 장교를 찾아보기가 힘들었다.

아마 몬스터와의 전투에서 목숨을 잃는 사람들이 많기 때문에 벌어진 현상일 것이다.

최지하와 황문식 같은 자원들이 장교로 임관해서 소, 중대장을 맡아준다면 아주 고마운 일이겠으나 두 사람은 화수의 곁을 떠날 생각이 전혀 없었다.

"자, 그럼 야차 중대는 부대정비에 들어가도록 한다. 다음 명령이 떨어질 때까지 귀대하여 휴식을 취할 수 있도록. 이상."

"부대, 차렷!"

척!

"충성!"

"충성. 그만들 쉬게."

"감사합니다!"

1계급 특진의 영예를 안은 그들이었지만 계급이 올랐다는 것에는 큰 감흥을 느끼지 못하는 것 같았다.

"자자, 모두 모여라."

"예!"

"오늘은 이 중대장이 쏠 테니까 치킨에 맥주 한잔씩 하고 집에 들어가도록 하지."

"오오, 감사합니다!"

"모두 부대로 복귀하여 환복한 후에 둔산동에 모인다. 전원 전술 비행기에 탑승할 수 있도록. 실시!"

"실시!"

오랜만에 부대 회식을 할 수 있게 되었다.

　　　　　*　　　　*　　　　*

　대전 둔산동의 한 치킨집.

　"건배!"

　"건배!"

　부대원들이 사복으로 갈아입고 치킨에 맥주를 곁들여 마시고 있다.

　꿀꺽꿀꺽!

　"크흐, 좋다!"

　"공짜라서 그런지 더 맛있네! 대장, 이런 자리 좀 자주 만들어줘."

　"알았다. 노력해 보지."

　중대원들이 자리에 앉아 담소를 나누고 있는 사이, 잠시 자리를 비운 강하나와 김예린이 돌아왔다.

　"대장님, 숙취 해소제입니다!"

　"이런 것을 다 챙겨서 마시나? 우리는 그렇게까지 술을 막 퍼마시는 사람들이 아닌데?"

　"그, 그렇습니까?"

　"자네나 잘 마셔두게."

　"아, 알겠습니다!"

　최지하는 자신의 옆자리에 강하나를 데려와 앉혔다.

"자자, 이쪽으로 와. 이 언니가 우리 애기 먹이려고 다리 살다 발라놨어!"

"…고맙습니다."

"오구, 오구! 다리 좋아요? 우리 애기, 다리 좋아요?"

김예린은 사석에서까지 그녀를 애 취급하는 최지하에게 말했다.

"이봐요, 최 상사."

"…왜요?"

"꼭 사석에서까지 강 소위를 괴롭혀야겠어요?"

"뭐요?"

자리에서 벌떡 일어선 최지하가 테이블을 내려쳤다.

쾅!

"…그런데 이 싸가지 없는 기지배가 끝까지 시비네?"

"기지배?"

"왜, 넌 군인이라 가슴 안 달렸냐? 거시기에 고추라도 달렸어?"

"말조심하지? 잘못하면 내일 아침까지 못 걸어 다닐 텐데 말이야."

"흥, 네 가슴이나 잘 간수하지 그래? 잘못하면 떨어져서 거시기로 변해 버릴 것 같아서 말이지."

"……"

싸늘한 기운이 감도는 가운데 화수가 자리에서 일어섰다.

"그렇게 싸움이 하고 싶나?"

"대장, 이 여자가 두 사람이 지하실에 있는데 포격을 요청했다고! 알아?!"

순간, 강하나의 눈동자가 커다랗게 떠졌다.

"그, 그런……!"

"…난 그저 대장의 명령에 따랐을 뿐."

"명령? 명령 같은 소리 하고 자빠졌네! 도대체 전장에서 너 같은 여자를 믿고 어떻게 전투를 벌이겠냐?!"

화수는 두 사람이 꼭 폭격 사건 때문에 싸우는 것은 아니라는 사실을 잘 알고 있었다.

"어차피 이대론 술을 마시다가 코로 뿜어져 나올 판이니 이 자리에서 결판을 내는 것이 어때?"

"후후, 바라는 바다!"

"…내일 아침엔 네 발로 기어 나니게 만들어주지."

화수는 일행을 데리고 자리를 옮겼다.

*   *   *

야차 중대가 도착한 곳은 대전 인동의 한 곱창집이었다.

이곳은 화수가 가족들과 함께 여유가 있을 때마다 한 번씩

들러서 곱창전골과 순대 국밥을 먹던 곳인데, 동구에선 이 집을 모르면 간첩으로 통한다.

화수는 그녀들의 앞에 거대한 막걸리 주전자와 소주를 가져다놓았다.

"군인이 전장이 아닌 다른 곳에서 주먹질을 하면 그보다 더한 수치가 없다. 다들 그 사실은 잘 알고 있으리라 생각한다."

"후후, 술이라면 내 전문이지. 저런 가슴도 안 달린 여자가 무슨 술을 마시겠어?"

"꼭 젖소처럼 젖이 커야 술을 잘 마시는 것도 아니지, 아마?"

야차 중대의 철칙 중 하나는 가족이나 친구, 연인이 농락당하지 않는 이상 절대로 밖에서 주먹을 쓰면 안 된다는 것이다.

화수는 중대의 철칙을 지키면서 두 사람의 자존심 대결을 자연스럽게 종식시킬 수 있는 방법으로 술을 선택한 것이다.

"제한 시간은 5분이다. 5분 안에 더 많이 마시는 사람이 이기는 거야."

"후후, 넌 오늘 뒈졌어!"

"…너야말로!"

"자, 그럼 시작!"

두 사람은 누가 먼저랄 것도 없이 미친 듯이 술을 들이켜기 시작했다.

벌컥벌컥!

무서우리만치 거침없이 술을 들이켜던 두 사람이 거의 동시에 주전자를 내려놓았다.

쿠웅!

"다 마셨다!"

"다 마시긴, 이제 시작인데! 이모, 여기 막걸리 한 주전자 더 줘요!"

"홍, 여기도 한 주전자 더!"

보통 이 정도 술을 마셨으면 왈칵 토하거나 그대로 쓰러져 정신을 잃어버렸을 것이다.

하지만 두 사람은 자존심 때문에라도 정신줄을 놓지 못하고 있었다.

"…대장, 정말 괜찮겠습니까? 저대로 내버려 두어도 되는 겁니까?"

"괜찮아. 마시다가 죽을 것 같으면 병원에 보내 버리지, 뭐."

"하긴, 매일 저렇게 싸우느니 이것도 꽤 괜찮은 방법이겠군요."

화수는 두 사람을 뒤로하고 소주잔을 기울였다.

"자자, 한잔씩들 해!"

"건배!"

술잔이 술술 넘어가는 하루다.

*   *   *

그날 밤, 원동 한복판에 괴성이 울려 퍼졌다.

"크하하, 한 잔 더!"

"…죽여 버린다, 너!"

인사불성이 된 최지하와 김예린이 원동 길바닥을 쓸고 다니면서 쑥대밭을 만들고 있었다.

"여기서 사냥이라도 해야 할 모양이군."

"지금 잡으면 추가 수당 나오는 겁니까?"

"후후, 괴물 두 마리이니 추가 수당이 두 배로 나와야 하는 건가?"

야차 중대원들은 이제 슬슬 자리를 파하려 그녀들을 말리기로 했다.

"자자, 이제 슬슬 들어가 보자고."

"예, 대장님! 수고 많으셨습니다!"

"자네들도 잘 들어가게."

화수는 미리 불러놓은 택시에 두 여자를 구겨 넣은 후 조수석에 올라탔다.

"정말 괜찮으시겠습니까? 그 두 명, 거의 괴물입니다."

"원래 우리가 괴물 잡는 데엔 도가 트지 않았나?"

"그럼 저도 이만 가보겠습니다."

"그러게나."

마지막으로 황문식 상사까지 집으로 들어가고 나니 이 여자들을 말릴 사람은 화수밖에 남지 않았다.

그는 두 여자를 데리고 야차 중대 본부로 향했다.

"둔산동으로 갑시다."

"예, 손님!"

택시 기사는 점멸등을 켜고 빠르게 둔산동까지 이동했다.

쏴아아아!

유등천에서 흘러나온 물줄기를 따라서 흐르는 하천의 모습이 오늘따라 유난히 차갑고 시원하게 느껴지는 화수다.

'그때가 생각나는군.'

한때 몬스터들이 유등천까지 점령하는 바람에 갑천과 금강의 경계선까지 민간인의 출입이 금지된 적이 있다.

화수는 그때 대대적인 토벌에 투입되어 보이는 족족 몬스터들을 사냥하고 다녔다.

그런데 이상한 것은 몬스터들이 하천을 장악하고 나서부터는 악취와 비린내가 진동하던 하천이 맑아져서 거의 1급수에 가까워졌다는 것이다.

지금의 하천은 2002년에 비하자면 거의 상상조차 할 수 없을 정도로 맑고 투명해져 있었다.

'결국 지구를 병들게 하는 것은 몬스터가 아니라 사람인지도 모르겠군.'

혹자는 이 지구상에 몬스터가 창궐한 것이 인류가 지구를 병들이고 있기 때문이라고 말한 적이 있다.

지구는 공룡이 이 땅을 지배했을 때부터 이따금 개체 수를 조절하는 자기방어적인 주기를 갖게 되었는데, 지금이 바로 그때와 비슷한 시기라는 것이 그의 주장이었다.

물론 그의 주장이 썩 마음에 드는 것은 아니었지만 인간이 병들인 지구를 정화하는 것은 다름 아닌 몬스터들이었다.

어쩌면 그들과의 공존만이 지구를 살리는 유일한 길인지도 모른다는 생각을 해보는 화수다.

잠시 후, 택시가 둔산동 시가지에 도착했다.

"도착했습니다."

"얼마죠?"

"1만 2천 원입니다."

화수는 2만 원을 건네며 택시에서 내렸다.

"잔돈은 됐습니다."

"감사합니다!"

야밤에 취객을 두 명이나 태운 택시 기사에게 미안해 화수는 잔돈도 받지 않고 그녀들을 차에서 끌어 내렸다.

"딸꾹!"

"어이, 정신 차려."

"대장, 2차, 2차 가자고!"

"2차는 무슨, 지금 시간이 몇 시인 줄 알아?"

"가자고, 2차! 어이, 일어나! 거기 아스팔트에 껌딱지, 어서 일어나지 못해?!"

"……."

김예린은 술에 취해 뻗어버렸고 최지하는 인사불성이 되어 도저히 정신을 차리지 못하는 상태였다.

화수는 김예린을 어깨에 들쳐 메고 최지하를 업어 한 손으로 엉덩이를 받쳤다.

"웃챠!"

"으헤헤, 대장, 우리 지금 어디로 가는 거야? 2차 가는 거야? 난 돼지 껍데기가 좋더라!"

"돼지 껍데기는 내일 아침에 해장술로 먹든지. 지금은 아닌 것 같다."

그는 일반인으로선 도저히 상상조차 할 수 없는 자세로 그녀들을 챙겨 중대 본부로 향했다.

자운 화학 지하에 있는 야차 중대 자유 생활관 앞에 멈추어 선 화수는 홍채 인식 시스템에 눈을 가져다 댔다.

삐빅!

[반갑습니다, 캡틴]

"전원 좀 켜."

[예, 알겠습니다.]

중대를 관리하는 인공지능 시스템이 화수의 명령에 따라 중대에 불을 밝혔고, 길게 늘어선 호텔형 자유 생활관이 모습을 드러냈다.

지금 다른 사람들의 생활관은 굳게 잠겨 있을 것이고 두 여자의 생활관 역시 굳게 닫혀 있었다.

"하는 수 없지."

화수는 자신의 생활관에 그녀들을 밀어 넣었다.

"으으, 으으음!"

"거참, 시끄러워서 살 수가 없네!"

그는 침대에 그녀들을 눕혀놓은 후 냉장고에서 맥주를 꺼내어 한 모금 마셨다.

"으허, 시원하다! 두 사람을 상대하는 일이 몬스터 잡는 일보다 힘들군."

화수가 안줏거리를 찾아서 밖으로 나서려는 순간, 김예린이 그의 옷깃을 잡았다.

"아빠……."

"잠꼬대하나?"

그녀를 떼어내고 밖으로 나가려던 화수는 김예린의 눈물을 보았다.

"…가지 마. 가지 마, 아빠."

"……."

김예린은 마치 어린아이처럼 화수를 잡았다.

그는 도저히 그 자리를 매몰차게 뿌리치고 밖으로 나갈 수가 없었다.

"손이 많이 가는 녀석들이군."

화수가 그녀의 곁에 눕자 김예린은 자연스럽게 그 팔을 베고 품속으로 파고들었다.

"우웅……."

"술버릇이 좋지는 않은데."

김예린이 화수에게 기대고 있을 때, 최지하가 화수의 품으로 뛰어들었다.

"아하하, 대장!"

"으흑!"

"헤헤, 대장!"

"…그만 좀 자지?"

"……."

최지하는 화수 위에 올라탄 채로 잠에 빠져들었고, 그는 하는 수 없이 눈을 감고 잠을 청했다.

*　　　*　　　*

다음 날 아침, 중대 자유 막사 한편에서 황태 볶는 냄새가 진동하고 있다.

촤락, 촤락!

최지하와 김예린은 동시에 눈을 떴다.

"으으음……."

"제기랄, 여기가 도대체 어디야?"

그녀들은 자신들이 한 침대에 누워 있다는 것을 깨달았다.

"어, 어……?"

"내가 왜 여기에……."

그리고 그녀들은 피부를 맞대고 누워서 자고 있다는 사실을 뒤늦게 깨달았다.

"으, 아아아악!"

"뭐, 뭐야?! 너, 그런 취향이야?! 아무리 내 가슴이 너보다 크다고 해도……."

"미친?! 난 남자를 좋아해!"

바로 그때, 화수가 두 사람을 불러내려 생활관으로 들어왔다.

"정신이 좀 드나, 더블 몬스터?"

"더, 더블 몬스터?"

"어제 원동에 몬스터가 긴급 출몰한 줄 알고 얼마나 놀랐는지 알아? 이건 뭐 몬스터 사냥하는 것보다 두 사람 처치하는 것이 더 힘들어."

"⋯그럼 우리 모두 술에 취해서 뻗어버린 거야?"

"그렇게 술을 퍼마시고도 정신이 멀쩡한 사람이 더 이상한 것 아니야?"

"끄응⋯⋯."

"두 사람 모두 나와서 해장이나 좀 해. 아직도 입에서 술 냄새가 진동하는 것 같다."

"⋯감사합니다."

최지하와 김예린은 무와 콩나물, 두부, 계란을 넣고 끓인 화수의 특제 해장국을 앞에 놓고 앉았다.

솥단지 가득 국을 끓인 화수는 양푼에 국을 떠주었다.

"한 수저 들지."

"⋯감사합니다."

두 사람이 조용히 국을 떠 마시는데 화수가 말했다.

"앞으로 더 이상 싸우는 일이 없었으면 한다. 술 대결에서 비겼으니 더 이상 죽이네 마네 하면서 난리를 피우지는 말라고. 알아들었나?"

"…죄송합니다."

화수는 고개를 푹 숙인 김예린에게 말했다.

"자네가 폭격을 유도한 것은 옳은 결정이었다. 만약 내가 그 상황이었다고 해도 같은 선택을 했을 것이다. 지휘관은 중대를 먼저 생각하는 것이 당연해."

"감사합니다."

그는 이어서 최지하에게도 말했다.

"최 상사 역시 잘못한 것 없다. 만약 내가 최 상사의 입장이었다고 해도 반드시 그랬을 것이다. 최 상사는 전우를 버리지 못하는 사람이니까."

"고마워."

화수는 마지막으로 두 사람의 입장을 정리했다.

"김예린 대위는 부중대장으로서 옳은 결정을 했고 최지하 상사는 중대 행정 보급관으로서 옳은 결정을 한 것이다. 또한 이것은 두 사람의 성향에 따른 결정이었을 뿐이지 누구의 잘 못이나 옳음도 아니다. 고로, 다시는 이 얘기를 꺼내지 말았으면 한다. 내 말이 무슨 말인지 알아듣겠나?"

"예, 알겠습니다."

"그럼 다시는 서로 헐뜯고 싸우는 일은 없으리라 믿겠다."

"예."

두 사람은 고개를 푹 숙인 채 양푼을 비워 나갔다.

*   *   *

며칠 후, 부대정비 기간 중에 중간 점검이 실시되었다.

사복 차림의 중대원들이 부대로 모여들어 건강검진을 받고 개인 화기와 장비들을 점검 받았다.

대전 군수 사령부에서는 야차 중대에게 새로 보급될 장비와 차량 등을 가지고 와서 점검과 함께 지급해 주었다.

부아아아아앙!

"오오, 수륙양용 전술 차량 겸 장갑차라니!"

"궤도 차량을 부착할 수 있고 상륙이 가능한 차입니다. 상사께서 사용하기엔 안성맞춤일 겁니다."

"좋군, 좋아!"

트레일러처럼 궤도 차량을 부착했다가 뗄 수 있는 장갑차에는 포탄과 박격포를 실을 수 있는 레일까지 달려 있었다.

그 밖에 의무 사령부에서 지원한 휴대용 수술 도구와 장비 등이 실려 있는 연장 칸에는 탄약과 장비 등이 함께 실리게 된다.

화수는 좋아서 입이 귀에 걸린 황문식 상사를 지나쳐 공기부양정을 바라보았다.

"지상과 수상에서 모두 사용할 수 있는 공기부양선이라니, 성능이 기대되는군."

"지금 이 신형 공기부양정은 전군에 딱 두 대밖에 없습니다. 최대한 살살 다뤄주셨으면 좋겠습니다."

"후후, 물론이지."

마지막으로 화수는 공기부양정과 궤도 차량을 함께 싣고 다닐 수 있는 수송기를 확인했다.

이것은 이번 작전에서 가장 큰 문제로 지목된 전술 장비의 다양성을 한 번에 해결할 수 있는 대안이었다.

이제 중대에는 이 모든 비행기를 다룰 수 있는 전문가가 파견될 예정이다.

"CTC에서 파일럿 출신 장교를 섭외해 두었습니다. 약간 외톨이 기질이 있긴 하지만 생활하시는 데엔 문제가 없을 겁니다."

"그렇게 되면 우리의 편제는 앞으로 열네 명이 되는 건가?"

"그런 셈입니다."

"그렇군."

화수가 장비들을 점검하고 있는 사이, 최지하가 김예린과 함께 머리를 맞대고 있는 것이 보였다.

"기체 내에 수술실을 차린다?"

"우리에겐 가장 시급한 문제다."

"으음, 한번 건의해 보지. 하지만 기술상에 문제가 있으면 통과되지 않을 수도 있어."

"그거야 행정 보급관 재량이지."

"…반드시 통과시킨다."

아직까지 경쟁 심리가 남아 있긴 하지만 그럭저럭 잘 풀린 모양이다.

'다시는 싸우지 말아야 할 텐데.'

싸움보다 힘든 것이 조직원 관리라는 말이 실감나는 화수이다.

*　　　*　　　*

며칠 후, 화수가 대학 병원을 찾았다.

삐빅, 삐빅.

완치 판정은 났지만 여전히 병원에서 1년 동안 정기검진을 받아야 하는 화수다.

그는 MRI 안에 들어가 있는 동안 깊은 생각에 잠겨 있었다.

'그놈, 도대체 뭐 하는 놈일까?'

잠시 후, 화수는 주치의에게 오늘 검사에 대한 총평을 들을 수 있었다.

의사는 기분 좋은 미소로 말했다.

"완치 이후에 건강이 점점 더 좋아지는군요. 아시는지 모르겠지만, 암은 재발이 빈번하게 일어나는 병입니다. 완치 이후에 관리를 잘못해서 합병증이 오는 경우도 있고요. 강화수 환자의 경우엔 심장이 약간 불안한 감이 있었습니다만, 지금은 아무런 문제가 없는 상태입니다."

의사는 화수의 심전도와 심초음파에서 노이즈와 이명이 약간 들린다고 말한 적이 있다.

하지만 그것이 하루아침에 다 사라졌다니, 화수는 이것이 그 정체불명의 빛줄기가 만들어낸 일이라고 생각했다.

'뭘까? 나를 왜 도와준 것이지?'

화수가 짐짓 심각한 표정을 짓고 있을 때 의사가 물었다.

"그나저나 문신은 언제 하셨나요? 디자인이 참 특이하군요."

"문신이요?"

"네. 왼쪽 등에 커다란 문신이 하나 있던데요?"

순간, 화수가 옷을 위로 들어 올려 거울에 자신의 등을 비춰보았다.

"허, 허억!"

"왜, 왜 그러시죠?"

지금까지 살면서 문신이라는 것을 해본 적이 없는 화수로선 황당하기 그지없는 일이었다.

'이 새끼, 나에게 도대체 무슨 짓을 한 거야?!'

점점 머릿속이 복잡해져 오는 화수였다.

제6장
몬스터 연구가 라영일

이른 아침부터 화수가 운전대를 잡았다.

그의 차는 국가에서 지급해 주었는데, 몬스터 코어를 기반으로 한 하이브리드 엔진을 장착한 슈퍼카 모델이었다.

슈퍼카 특유의 묵직한 배기 음이 장점이자 단점이긴 하지만 실제로 배기구에서 나오는 탄소 배기량은 0%였다.

100% 수제로 만들어진 이 차에는 방탄유리와 초경량화 강화 합금 강판이 사용되기 때문에 몬스터의 공격에도 어느 정도 버틸 수 있었다.

또한 몬스터 코어에서 만들어진 에너지를 가지고 엔진의 실린더를 움직이고 거기서 나온 열에너지는 다시 환원시켜 코어를 충전하는 방식이라서 평생 코어를 교체할 일이 없다는 것이 가장 큰 장점이었다.

그 밖에 무기 및 각종 전투 장비를 적재시킬 수 있는 특수 트렁크와 최첨단 편의 시설이 장착되어 있었다.

아마 전 세계에서 이런 차를 타고 다니는 사람은 화수 한 사람밖에 없을 것이며, 돈을 주고 구할 수도 없을 것이다.

부아아아아앙!

이 차량의 모드는 총 세 개인데, 지금은 굉음을 내며 스포츠 모드로 달리고 있는 중이다.

이 밖에 정숙 모드와 일반 주행 모드가 있는데, 정숙 모드의 경우엔 엔진 소음이 100% 차단되며 일반 주행 모드는 승차감을 높이기 위해 진동과 코너링 등이 개선되었다.

이외에도 화수의 차에는 인공지능 장치가 장착되어 밖에서도 원격으로 운전이 가능하며, 알아서 주차와 정차, 장기 운전이 가능했다.

하지만 운전 실력이 컴퓨터보다 뛰어난 화수는 어지간하면 자신이 직접 운전대를 잡는 편이다.

"기자 양반을 연결해."

─예, 캡틴.

이곳에 장착된 인공지능 장치는 부대의 것과 같기 때문에 꽤 익숙한 목소리가 들린다.

뚜우, 뚜우.

ー연결되었습니다.

화수는 아침부터 목이 잠긴 김지향을 깨웠다.

"일어나요."

ー으음, 누구세요?

"누구긴 누굽니까? 당신과 오늘 함께 잠입 수사를 해주기로 한 사람이지."

순간, 그녀가 자리에서 벌떡 일어섰다.

ー허, 허억! 지금 어디세요?!

"양재IC입니다."

ー엥? 거기로 오는 길은 통행 제한이 걸리지 않던가요?

"괜찮아요. 내가 일반인은 아니잖아요?"

ー그, 그건 그렇지만······.

일반인은 양재IC에 몬스터가 집중되어 잘 이용하지 않는 편이다.

심지어 요 며칠 사이엔 통행 제한이 걸려 일반인의 출입이 엄격히 통제되고 있는 상황이었는데 화수는 통행 제한구역을 시찰할 수 있는 면허가 있어 상관없었다.

덕분에 그는 몬스터가 출몰하는 지역만 골라서 다니는 습관이 생겼다.

"아무튼 어서 준비하시죠. 거의 다 와갑니다."

─아, 알겠어요! 조금만 천천히 오세요!

"거의 다 왔습니다."

─아이참!

잠시 후 화수는 김지향의 집 앞에 멈추어 섰다.

끼이익!

그녀의 집은 주차장이 딸린 2층집이었는데, 강남구 대치동
에 위치해 있었다.

예전에는 땅값이 꽤 많이 나갔겠으나, 한강 인근 지역들은
지금 몬스터의 출현으로 골머리를 앓는 중이다.

한 10년 전만 해도 수억을 호가한 그녀의 집은 지금 내놓아
도 팔리지 않을 지경이었다.

요즘 서울 도심의 추세는 거의 대부분의 시설을 지하로 옮
기는 추세이기 때문에 지상에서 거주한다는 것 자체가 중산
층 이하라는 소리였다.

대한민국의 젖줄로 불리던 한강이 이제는 위험 요소로 전
락하여 몬스터 수렵꾼들이나 돌아다니는 지역이 된 것이다.

그녀는 부스스한 얼굴에 트레이닝복을 걸친 채 나왔다.

"오오, 차 좋은데요? 어디 브랜드예요?"

"국방부요."

"구, 국방부요?"

"국방과학연구소에서 몬스터 수렵용으로 만든 차입니다. 굳이 말하자면 슈퍼카라고 하는데 그냥 빨리 달리는 장갑차쯤될 겁니다."

"으음, 어쩐지 시중에서는 보기 힘든 디자인이라고 생각했어요."

날렵하고 단단한 외관의 화수의 차는 시중에서는 볼 수가없는 미래지향적인 디자인이었다.

그녀가 감탄하는 것도 무리는 아니었다.

"아무튼 그곳에 대한 조사는 조금 더 해봤어요?"

"네, 물론이죠."

화수는 부대정비를 끝낸 즉시 육군 첩보단을 통하여 라영일이 감금되어 있는 지역에 대해 알아보았다.

"강원도 삼척시 사직동 일대에 위치한 시멘트 공장, 지금은가동이 중단된 상태죠."

"그곳이 시멘트 공장이었던가요? 게다가 강원도 삼척이라니……."

삼척은 2005년부터 몬스터들의 대량 번식으로 인하여 통행엄금 지역으로 지정되었으며, 지금은 동해안 고속도로 중간을떡하니 막고 있는 애물단지로 전락하고 말았다.

한, 중, 일을 연결하는 허브로 사용될 예정이던 동해안 고속도로는 법안이 제정되기도 전에 군부에서 우격다짐으로 도로를 완성하고 군수 물자 이동로로 사용하였다.

동해안이 뚫리면 백두대간 전역이 몬스터로 뒤덮이기 때문에 정부에서도 어쩔 수 없이 내린 결단이었다.

하지만 정부와 군부는 끝내 몬스터의 침공을 막아내지 못했고, 지금 삼척은 몬스터의 본거지나 다름없는 상태가 되었다.

물론 삼척 외곽의 일부 지역에는 군사시설과 함께 몇몇 가구와 상가가 자리를 잡고 있기는 했다. 그러나 그들도 언제 터전을 옮겨야 할지 모르는 상황이었다.

이런 삼척시로 스스로 들어간다는 것은 썩 달가운 일은 아닐 터였다.

서울에서 동해시까지 고속도로를 타고 달린 화수는 삼척시와 동해시 경계선에 있는 통행 제한 초소를 찾았다.

초소장은 화수를 보자마자 경계를 올렸다.

척!

"충성, 오신다는 얘기는 들었습니다."

"그래, 이곳은 좀 어때?"

초소장 김화영 중위는 고개를 절레절레 흔들었다.

"매일 몬스터들 막느라 뼈가 다 빠질 지경입니다. 거기에 사병들이 이곳으로 지원을 안 해서 어쩔 수 없이 수방사 자원을 차출하고 있습니다."

"위험 지역에서의 근무가 다 그렇지, 뭐."

그녀는 초췌한 얼굴로 화수에게 물었다.

"그나저나 선배님께선 이곳까지 무슨 일이십니까? 자세한 얘기를 전해 듣지 못해서 말입니다."

"조사 차 이곳을 찾았네. 그 이상의 얘기는 자네에게 해줄 수 없어. 사령부의 지시거든."

"아아, 그 정도면 되었습니다."

수렵 사령부에 이번 사건을 작전으로 변경하여 일주일간 조사한다고 선포한 화수는 인도네시아 출장을 미뤄 버렸다.

어차피 그 혼자 현장으로 간다고 해도 큰 수확은 없을 것이라고 생각한 것이다.

혼자서 처음 보는 몬스터를 상대하느니 전문가를 데리고 가서 조금이라도 도움을 받겠다는 것이 화수의 생각이다.

"아무튼 위험 지역에 들어가실 때엔 조심하십시오."

"물론이지."

"탄약은 충분하십니까?"

"우선 200발 챙겼어."

"그것으론 모자랄 겁니다."

그녀는 초소에서 보통탄 250발이 든 탄통을 꺼내 화수에게 건넸다.

"가지고 가시지요."

"이곳은 탄약이 모자라지 않은가?"

"저희들은 남는 것이 탄약입니다. 하루에 한 번씩 탄약이 보급되니까요."

"그렇다면 사양 않고 가지고 가겠네."

척!

그녀가 부동자세를 취하자 화수는 가볍게 손을 흔들었다.

"그럼 살펴 가십시오!"

"그래, 일주일 후에 보세."

화수는 7번 국도를 따라서 삼척시로 들어섰다.

*   *   *

어둠이 짙게 깔린 삼척시의 풍경은 을씨년스럽기 그지없었다.

까악, 까악!

"이곳에도 유난히 까마귀가 많군."

"몬스터들이 야생동물을 사냥하거나 자기들끼리 싸우고 잡아먹기 때문이겠죠."

아파트는 전부 다 허물어졌고, 건물의 외벽에는 피를 먹고 자란 이끼들이 가득하여 괴기한 느낌마저 드는 삼척시 시가지다.

화수는 시가지를 지나 옛 보건소 앞에 멈추어 섰다.

"여기서부터는 긴장하는 편이 좋겠군."

"…이 근방인가요?"

"내비게이션이 그렇게 말해주고 있어요."

삼척은 오십천과 바다가 맞닿아 있는 데다 산지가 많아서 남극에서 내려온 몬스터가 자생하기엔 최적의 장소라고 할 수 있었다.

특히나 산비탈 아래의 바다와 하천을 끼고 있는 사직동 인근은 더더욱 조심해야 할 지역이었다.

화수는 정숙 모드로 차를 몰았다.

탈탈탈.

바닥에 거의 깔리듯이 낮아져 있던 차체가 위로 살짝 올라가면서 아주 부드러운 드라이빙이 가능해졌지만 허리에 닿는 충격은 여전했다.

"길이 다 왜 이래요?"

"아마 몬스터들이 파헤친 걸 겁니다. 놀이나 오크 같은 놈들은 이런 포장도로를 가만히 내버려 두지 않아요. 아마 본능적으로 땅을 파는 것이겠죠."

"이상한 놈들이네."

"몬스터가 이상하지 않으면 뭐가 이상하겠습니까?"

"하긴."

삼척의 구시가지에서 오십천을 따라서 차를 몰다 보면 시가지와 해변 도로를 잇는 삼척교가 나온다.

화수는 다리 초입에 들어서자 김지향에게 권총을 한 자루 꺼내어 건넸다.

"받아요."

"이, 이걸 왜 나에게 줘요?"

"지금부터는 아무 데서나 몬스터가 출몰할 겁니다. 혹시 모르니까 가지고 있어요."

"어, 어떻게 쏘는지 잘 몰라요."

그는 자동 권총의 노리쇠를 뒤로 당겨서 장전해 주었다.

철컥!

"이렇게 하면 장전됩니다. 이제 안전장치 풀고 사격만 하면 알아서 총알이 나갑니다. 위기의 상황이 닥치게 된다면 그냥 방아쇠를 당겨요. 머뭇거리면 그땐 죽습니다."

"…아아, 젠장. 괜히 이런 위험 지역에 또 왔나 보네."

화수는 그녀가 불안해하거나 말거나 신속하게 삼척교를 빠져나갔다.

휘이이이잉!

하지만 그런 그의 움직임을 간파한 놈이 있었다.

쉬이이이이익!

"…이런, 바먼트 물뱀 떼가 몰려오는군요."

"그, 그게 뭔데요?"

"주로 남미에서 자생하는 몬스터인데, 독성이 강해서 한 방 물리면 4초 내로 몸속 장기가 다 녹아내려 죽습니다."

"허, 허어! 그럼 위험한 것 아닌가요?"

"괜찮아요. 차량이 신기해서 그런 것뿐이니 숨이나 좀 낮게 쉬고 창문만 열지 않으면 문제없을 겁니다."

쉬이이이이익!

물감 통에 있는 도료를 모두 섞어놓은 듯 형형색색의 무늬를 가진 바먼트 물뱀은 무려 3미터나 되는 길이에 엄청난 힘과 맹독성을 가진 몬스터였다.

놈들이 차를 툭툭 건드리는 것만으로도 그녀의 심장은 터져 버리기 일보 직전이었다.

화수는 애써 그녀를 진정시켰다.

"조용히. 크게 숨을 쉬면 놈들이 알아챕니다. 조용히, 최대한 조용히 하세요."

"…노력해 볼게요."

화수는 이곳에 바먼트 물뱀이 자생하고 있다는 소리는 단 한 번도 들어본 적이 없었다.

아무래도 제례가 이곳에서 뭔가 이상한 실험을 하고 있거나 새로운 아종들을 자꾸 한국에 들여오는 모양이다.

'어쩌면 한국에서 보기 힘든 종들이 계속해서 창궐하는 것

은 이놈들 때문인지도 모르겠군.'

쿵쿵쿵!

차량을 계속 툭툭 건드리는 놈들이 신경 쓰이긴 했지만 별 다른 움직임이 없자 그냥 돌아가 버렸다.

화수는 계속해서 차를 몰았다.

*　　　　*　　　　*

삼척교를 지나 도착한 구 시멘트 공장 단지에는 '접근 엄금' 이라는 푯말이 붙어 있었다.

사방이 사람의 피로 칠갑이 되어 있는 이 시멘트 공장은 마치 사람을 도축하는 인간 도축 현장을 보는 것 같은 착각이 들게 했다.

"왜 이런 짓을 해놓은 걸까요?"

"혹시라도 민간인이 들어와 자신들의 연구를 방해하는 것이 싫어서겠죠."

"…그런 것치고는 아주 엽기적인 방법을 선택했군요."

화수는 구 시설 관리 공단에 차를 숨겨놓고 그곳에서 장구류를 챙겨 입기로 했다.

그는 전투 조끼와 방호 슈트 외에도 각종 방어구를 그녀에게 건넸다.

"착용하세요."

"어떻게 입는 건데요?"

"참, 눈치가 별로 없는 사람이군요."

"헤헤, 옛날부터 손이 많이 간다는 소리는 자주 들었어요."

"…쓸데없이 해맑은 것 아닙니까?"

화수는 그녀의 몸이 딱 맞는 방호 슈트 위에 전투 조끼를 장착시켜 주었다.

철컥!

그 밖에 방어구들까지 차근차근 장착하고 나니 마치 이등병을 갓 맞이한 것 같은 느낌이 든다.

"우와, 군인 같아요!"

"그래요. 햇병아리 군인 같군요."

화수는 윗옷을 벗고 재빨리 슈트로 갈아입은 후 방어구를 착용했다. 그러곤 차량의 특수 트렁크에서 총기를 꺼냈다.

그는 그녀에게도 소총을 지급할 것인가를 고민했다.

"소총 쏠 줄 알아요?"

"아니요."

"그럼 됐습니다."

화수는 그녀에게 건네준 권총만 잘 간수하게끔 안전띠와 고리를 장착시켜 주었다.

"이 총을 잃어버리면 안 됩니다. 당신을 지킬 수 있는 수단은 그게 끝이니까요."

"아, 알겠어요."

"그럼 갑시다. 이제부터는 아주 조용히 무전으로만 말합니다. 귀에 있는 이어 마이크를 누르면 송신, 가만히 내버려 두면 수신입니다."

"…네."

몸을 최대한 낮게 숙인 채로 시멘트 공장 담벼락으로 다가선 화수는 온 사방이 전기 와이어로 둘러싸여 있다는 것을 알 수 있었다.

"1,500볼트짜리 전기 와이어라니, 아주 사람을 통구이로 만들 작정인가 본데요?"

"그럼 어떻게 해요? 못 들어가는 건가요?"

"그럴 리가요."

화수는 절연체로 된 장갑을 착용한 후 전기 와이어를 위아래로 벌려 공간을 만들어주었다.

"조심해요. 몸이 닿자마자 통구이가 될 테니까."

"…꼭 이렇게 들어가야 해요?"

"하수구를 통하는 방법도 있습니다."

"그냥 갈게요."

그녀를 안으로 집어넣은 화수는 자신도 아주 조심스럽게 전기 와이어 사이를 통과하여 시멘트 공장 안으로 들어섰다.

위이이이잉!

어딘가에서 소음이 들려오고 있었는데, 이 소음이 워낙 작아서 외부로는 잘 들리지 않는 모양이었다.

"발전기 같은데요?"

"이곳에 사람이 사는 것은 확실해 보이네요."

화수는 재빨리 주변을 둘러보았다.

CCTV는 설치되지 않은 것 같았고, 초대형 컨베이어 벨트를 따라가면 공장 내부로 들어갈 수 있을 것 같았다.

그는 그녀에게 등을 내밀었다.

"업혀요."

"네, 네?"

"위로 올라가야 하니 업히라고요."

"아, 알겠어요."

그녀를 등에 업은 화수는 컨베이어 벨트까지 단숨에 기어 올라갔다.

파바바밧!

"우와, 날다람쥐예요?"

"생존의 기술 중에는 대피와 은신도 큰 비중을 차지합니다. 알아두세요."

화수는 초대형 컨베이어 벨트에 올라선 후 그곳을 따라 걷기 시작했다.

바스락, 바스락!

아직도 컨베이어 벨트 위에는 몬스터의 뼈와 각종 광물을 섞은 시멘트 가루가 대량으로 남아 있었는데, 공기 중에 방치된 지 꽤 오래된 것 같았다.

공장 자체는 가동하지 않는 것 같은데, 도대체 무슨 실험을 한다는 것인지 궁금해지는 화수다.

두 사람은 컨베이어 벨트를 따라서 대략 5분쯤 걸어 공장 내부로 들어섰다.

그러자 충격적인 장면이 눈에 들어왔다.

—크르르르릉, 컹컹컹컹!

"사, 살려주세요!"

"살려줄 겁니다. 하지만 생사 여탈권은 저 녀석에게 있죠. 당신에겐 암컷의 페로몬 주머니를 이식해 두었습니다. 저놈이 당신을 마음에 들어 한다면 몬스터의 신부가 되는 것이고 그렇지 않다면 죽겠죠."

화수와 그녀는 정사각형 케이지 안에 몬스터와 인간 여자를 넣어놓고 교배 실험을 하는 제례를 발견했다.

그 밖에도 유전자 정보를 채취하기 위해 설치한 이동식 채혈 장치가 일렬로 늘어서 있고, 그곳에는 몬스터와 사람이 뒤섞여 있었다.

"…미친놈들이군. 인간과 몬스터의 하이브리드를 만들 생각을 하다니."

"어떻게 하죠? 저러다가 저 여자가 정말로 몬스터에게 겁간을 당하겠어요."

"별수 없습니다. 일단 임무 완수가 우선입니다."

"그렇지만 어떻게 산 사람을 그냥 모른 척할 수 있나요? 당신, 대한민국 국민을 지키는 군인 아닌가요?"

화수는 머리가 아프다는 듯 관자놀이를 쿡쿡 눌렀다.

"후우, 참, 정말 손이 많이 가는 아가씨네. 좋아요, 그렇다면 이렇게 합시다. 내가 저 여자를 구할 테니 당신은 접선자와 만나서 라영일 씨를 구해요. 할 수 있어요?"

"해볼게요!"

"그래요. 실패하지 말아요."

그는 이내 천장으로 올라가 바닥까지 한 번에 도약할 준비를 마쳤다.

*   *   *

시멘트 공장의 약도를 손에 쥔 김지향이 공장의 복도를 내달리고 있다.

"하아, 하아!"

숨이 턱까지 차오르고 있었지만 그녀는 결코 멈추지 않았다.

'특종이다. 이번에도 사내 토픽에 오르지 못하면 그대로 끝이야!'

그녀는 특종에 목숨을 걸고 국민의 알 권리를 위하여 불철주야로 뛰어야 하는 기자였다.

하지만 지금까지 그녀는 기자로서 단 한 번도 특종을 건진 적이 없기 때문에 이제는 그 수명이 경각에 달려 있는 상황이었다.

아마도 지금 이 특종감을 놓치게 된다면 평생 동안 기자상은 받지 못하게 될지도 몰랐다.

미친 듯이 달리고 또 달리는 그녀의 앞에 검은색 후드를 뒤집어쓴 사내들이 줄을 지어 지나갔다.

"옴······."

"제례, 제례!"

머리끝부터 발끝까지 모두 검은색으로 염색한 그들의 얼굴은 마치 악마를 연상케 했다.

순간 그녀는 검은 눈동자의 그들로부터 잠시 몸을 숨겼다.

"···미친놈들, 흰자위가 없네. 도대체 눈동자에 무슨 짓을 한 거야?"

하드서클렌즈를 끼게 되면 눈동자가 완전한 검은색이 되겠으나, 검붉은 핏줄까지 완벽하게 묘사할 수는 없다.

더군다나 수정체의 수축과 이완까지 닮은 서클렌즈를 만드는 일은 절대로 불가능할 것이다.

어쩌면 그들은 눈의 흰자위에 검은색 문신을 하고 다니는지도 모를 일이다.

잠시 후 그녀는 제례교의 광신도들을 보내고 약도에 나와 있는 제2 광부 대기실에 도착했다.

"여기가 맞는 것 같은데……."

오늘 그녀와 접선하기로 한 남자는 분명 제2 광부 대기실에서 얼굴을 보자고 했다.

연신 시계를 바라보던 그녀의 곁으로 한 남자가 다가왔다.

"김지향 씨?"

"어, 어……?"

"맞군요. 제가 바로 제보자입니다."

"반가워요. 지금 소장님은 어디에 계신가요?"

"제3 광부 대기실에 갇혀 계십니다. 일주일째 굶었으니 잘못하면 돌아가셨을 수도 있겠군요."

"…그럼 어서 가요."

"하지만 그전에 약속해 주실 것이 있습니다."

"말씀하세요."

"나를 남극으로 보내주세요."

"나, 남극이요?"

"저는 제례교의 신자입니다. 죽기 전에 성지로 떠나는 여정을 해보고 싶어요. 해주실 수 있어요?"

그녀는 정신 나간 소리를 지껄이는 그에게 일단 떡밥을 던지고 보았다.

"조, 좋아요! 갑시다! 강화수 소령님께서 알아서 보내주실 겁니다."

"그래요. 그 조건이라면 충분합니다. 가시죠."

그는 김지향에게 검은색 후드가 달린 새까만 옷을 건넸다.

"입으세요. 그래야 의심을 안 받을 겁니다."

"고마워요."

의문의 사내가 하는 대로 몸을 축 늘어뜨린 채로 이상한 주문 같은 것을 외우는 그녀이다.

"음, 제레, 제레……."

"제레……."

태어나서 이렇게 멍청한 짓을 해보는 것도 처음이긴 하지만 한 사람의 생명을 목숨 걸고 구해보는 것도 처음인 김지향이다.

같은 시각, 교배를 위한 케이지 안으로 한 인영이 뚝 떨어졌다.

"천성장!"

콰앙!

"크허억!"

—케헤엑!

화수는 다수를 일격에 제압하는 천성장으로 주변을 정리한 후, 케이지 구석에 몰려 있는 여자를 구출해 냈다.

"괜찮아요?"

"누, 누구세요?"

"대한민국 국군입니다. 당신들을 구해주려고 비밀 작전을 펼치고 있지요."

"그, 그럼 대부대가 이곳으로 진격하는 건가요?"

"대부대요?"

"이곳에는 600마리가 넘는 몬스터가 살고 있어요. 저 밖에는 그보다 더 많은 몬스터가 있고요. 우리를 살려내려면 적어도 1천 명은 있어야 할 텐데……."

"그런가요?"

"부대의 인원은……."

"저 혼자입니다."

"……."

"일단 나갑시다. 이러고 있을 시간이 없어요."

"하지만 이 많은 사람들은 다 어떻게 하고요?"

"구할 수 있는 한 최대한 구해보겠습니다만, 그렇다고 이 사람들을 다 구할 수는 없어요."

"그, 그렇긴 하지만……"

"일단 정신 차리고 나갈 생각이나 해요."

화수는 그녀를 데리고 김지향이 있을 제2 광부 대기실로 무작정 발을 내디뎠다.

쿵쿵!

하지만 그의 행보 앞엔 전혀 예상치 못한 놈이 서 있었다.

─크르르르릉!

"바, 바실리스크?!"

거대한 이구아나처럼 생긴 바실리스크는 온몸에 송곳처럼 날카로운 가시가 돋아나 있었는데, 그 눈을 바라보면 돌처럼 딱딱하게 마비되어 버리는 특징이 있다.

더군다나 바실리스크의 입에선 맹독성 가스가 뿜어져 나오는 데다 점프력이 좋아서 도약한 후에 땅으로 몸을 던지는 공격이 상상 이상으로 강력하다.

그런데 문제는 이 바실리스크가 화수가 지금껏 보아온 놈들과는 아예 상대가 되지 않을 정도로 거대하다는 것이다.

"제길, 적어도 20미터는 되겠군."

"저놈을 탄생시키느라 죽어나간 사람이 수백 명입니다. 꼭 죽여야 해요."

"하지만 나 혼자 저런 괴물을 어떻게 죽이라는 겁니까?"

"그, 그러라고 당신이 파견된 것 아닌가요?"

"아주 틀린 말은 아닙니다만, 오늘은 요인 구출만이 저의 유일한 임무입니다."

지금 화수는 레서 드래곤의 코어를 흡입하여 화경의 경지에서 현경의 초입을 오가는 중간 단계에 머물고 있었다.

만약 전력을 다한다면 바실리스크를 무찌르지 못할 것도 없겠으나, 100% 힘을 다 소진하고 나면 이곳을 빠져나갈 기력이 남아나지 않을 것이다.

"우선 피합시다. 저런 놈이 있다는 것만 알고 있으면 됩니다."

"그게 무슨……?"

화수는 그녀를 번쩍 들어서 하늘 높이 도약했다.

파바밧!

"어, 어머나!"

"바실리스크를 뛰어넘을 겁니다! 아래를 내려다보거나 눈을 뜨면 그냥 죽습니다! 아시겠어요?!"

"알겠어요!"

그는 바실리스크의 뿔을 타고 넘어 놈의 가시를 발판 삼아 초상비를 펼쳤다.

쉬이이잇, 파밧!

─크아아아아앙!

놈의 포효가 화수의 몸을 진동시켰지만 그는 절대로 뒤를 돌아보지 않았다.

'뒤를 돌아보면 돌이 된다!'

쿵쿵쿵, 콰앙!

놈이 돌아서 화수를 향해 미친 듯이 달려왔고, 그는 전력을 다해 보법을 전개했다.

―캬아아아악!

"뒤, 뒤에서 뭔가 자꾸 따라오는데요?!"

"알아요. 하지만 뒤를 돌아보면 둘 다 죽습니다! 눈 감아요!"

화수는 전방에 있는 콘크리트 벽을 바라보았다.

"어, 어⋯⋯?!"

"돌파합니다! 이 꽉 깨물어요!"

"뭐, 뭐라고요?!"

그는 소년 시절 소림에서 훔쳐 배운 철금강을 전개했다.

"후욱!"

부우우우우욱!

순간, 화수의 몸이 한껏 부풀어 오르면서 진기의 얇은 막이 그를 감쌌다.

콰앙!

바실리스크는 화수의 몸을 향해 앞발을 뻗었지만, 콘크리트 벽에 가로막혔다.

까앙!

—크아악!

"놈, 열 받은 모양이군."

지금 놈은 당황했지만 이제 곧 벽이 무너질 것이다.

화수는 전력을 다해 제2 광부 대기실로 향했다.

제7장
대통령의 밀사

제3 광부 대기실.

제례 연구소의 소장 라영일이 201호실에 감금되어 있다.

끼식, 끼식.

"어, 어서 나가야 해! 폭동이 일어난 것이 분명하다!"

지금까지 그가 살아오면서 가장 확실하게 느낀 것은 자신의 몸이 위기의 순간마다 뭔가 암시를 준다는 것이다.

그것이 심연에서부터 끓어오르는 불안이든 절망으로 인한 환상이든 간에 본능은 한 번도 배신한 적이 없었다.

라영일은 자신의 손과 발을 묶고 있던 족쇄를 풀기 위해 미친 듯이 몸부림쳤다.

끼긱, 끼긱!

"이런, 제기랄!"

하지만 족쇄는 어지간해선 풀기 힘들 정도로 단단했기 때문에 맨손인 그는 어찌할 도리가 없었다.

모든 것을 체념한 그가 고개를 푹 숙이고 있는 바로 그때, 생각지도 못한 일이 벌어졌다.

삐익, 삐익, 철컹!

"자, 자유다!"

―캬학, 캬학!

몬스터와 사람들이 감금되어 있던 철문이 열리면서 모두가 자유의 몸이 되었다.

하지만 그와 동시에 죽는 사람들이 속출하기 시작했다.

―크르르릉, 캬아악!

"끄아아아악!"

극도의 스트레스로 인하여 성질이 날카로워져 있던 몬스터들이 사람들을 보이는 족족 살해하기 시작했고, 50명에 달하던 인원이 사라지는 데는 5분도 걸리지 않았다.

만약 지금 이곳에서 탈출하지 못한다면 곧 저놈들의 먹이가 될 것이 분명했다.

끼긱, 끼긱!

"이런, 씨발! 좀 풀려라!"

바로 그때, 그의 앞에 검은색 재규어가 떡하니 자리를 잡았다.

─크르르릉!

"어, 어어?!"

─캬아아아악!

놈은 비홀더와 재규어의 혼종으로 입이 귀까지 쭉 찢어져 있어 라영일의 머리쯤은 한입에 씹어먹을 수 있었다.

그는 눈을 질끈 감았다.

"으으으윽!"

하지만 그에게 매번 불운만 따르는 것은 아니었다.

타앙!

─끄웨에엑!

"주, 죽어라!"

탕탕!

죽어서 바닥에 쭉 뻗어버린 놈에게 두 발의 총을 더 쏜 여자가 그에게 다가왔다.

"괜찮으세요?"

"누, 누구……?"

"한양 일보 김지향 기자라고 합니다."

"기자요? 기자가 왜……."

"지금은 설명하기가 힘드니 일단 나가서 얘기하도록 하죠. 시간이 별로 없어요."

그녀는 족쇄를 묶고 있는 연결 고리를 총으로 쏴버렸다.

타앙!

"돼, 됐다!"

"나가요! 어서요!"

가까스로 족쇄를 풀고 탈출하긴 했지만 그들의 앞에는 엄청난 숫자의 몬스터들이 우글거리고 있었다.

─키헤헤헥!

"오늘따라 자주 시험에 들게 하는군."

─크하아아악!

"이런, 빌어먹을!"

반사적으로 몸을 웅크리던 바로 그때, 벽면이 뚫리며 한 사내가 모습을 드러냈다.

쿵쿵, 콰앙!

─키헤에엑!

"모두 괜찮습니까?!"

"휴우, 죽는 줄 알았네!"

"제2 광부 대기실에서 기다리라니까 어디까지 간 겁니까?"

"이곳에 VIP가 있다고 해서요."

"아아, 그렇군요."

사내는 라영일에게 악수를 건넸다.

"대한민국 국군입니다. 그동안 고생 많으셨죠?"

"아, 예……."

"일단 이곳을 나갑시다. 그 이후에 지원을 요청하여 이곳을 날려 버리는 겁니다."

"생존자들은요?"

"구출 작전을 펼쳐서 빼내겠지요. 아무튼 우리가 이곳을 나가지 못하면 그나마 지원을 요청할 수도 없어요."

"알겠어요."

그는 벽을 주먹으로 후려쳐 버렸고, 놀랍게도 벽면은 너무나도 허무하게 뚫렸다.

콰앙!

"허, 허어!"

"갑시다, 어서!"

총 다섯 명의 일행은 미친 듯이 날려 공상을 빠져나갔다.

*　　　　*　　　　*

공장단지를 간신히 빠져나온 화수였지만 여전히 몬스터들의 파상 공세는 그칠 줄을 몰랐다.

―쉬이이이이익!

"파천일심장!"

쾅쾅쾅쾅!

닥치는 대로 몬스터들을 때려죽이고 있는 화수였지만 언제까지고 모두의 안전을 보장할 수는 없었다.

시멘트 공장에서 차가 있는 곳까진 불과 200미터, 하지만 체감상으론 20㎞도 더 되는 것 같았다.

"모두 정신 바짝 차려요! 잘못하면 사람 죽는 것은 일도 아니니까요!"

"네, 네!"

이제 공장의 펜스를 지나 구횡단보도 앞에 도달한 화수의 눈에 시설 관리 공단이 보인다.

그는 일행에게 외쳤다.

"저기입니다! 저 시설 공단 내에 내 차가 있어요! 그곳까지 전력을 다해서 달리는 겁니다! 낙오하면 죽어요! 알아들어요?!"

"제기랄, 어떻게 된 것이 맨날 죽는다는 소리만 해요?!"

"그게 불만이면 살아남으면 될 것 아닙니까? 자, 그럼 달려요!"

화수는 무공 대신 정확도가 높은 소총으로 앞을 청소해 주었다.

두두두두두두!

─키헤에엑!

"달려요! 그냥 앞만 봐요! 옆이고 뒤고 돌아보지 말고 그냥 달려요!"

"허억, 허억!"

일행이 드디어 시설 공단 입구에 도달할 때쯤, 시멘트 공장의 정문이 파괴되었다.

콰앙!

─쿠오오오오오오!

"이런, 제기랄! 저놈이 또 발광을 하네!"

"어, 어떻게 해요?!"

"어떻게 하긴요, 그냥 달리던 대로 달려요!"

쿵쿵쿵!

바실리스크의 도움닫기 한 번에 아스팔트가 엿가락 휘듯이 휘어진다.

"어, 어……!"

"달려요! 그냥 달리는 수밖엔 없어요!"

콰앙!

바실리스크의 착지와 함께 주변 시설물이 죄다 파괴되었고, 심지어는 주유소까지 대파되었다.

화르르르륵!

"불이 붙었습니다! 한 5초는 벌었어요!"

―끼헤에엑!

바실리스크를 포함한 이곳의 남극 출신 몬스터들은 불을 무서워한다는 특징이 있었다.

덕분에 안전하게 시설 관리 공단까지 도착한 화수는 차에 몸을 구겨 넣듯 올라탔다.

[반갑습니다, 캡틴.]

"그래, 나도 반갑다! 전력으로 질주하자고!"

부르르르르르릉!

화수는 출력이 가장 좋은 스포츠 모드로 엔진을 돌려 급출발했다.

부아아아아아앙!

"꽉 잡아요!"

그는 다리를 건너는 것 대신 한차례 에둘러 곧장 삼척 시가지로 돌입했다.

끼기기기기긱!

급커브에서도 속도를 줄이지 않고 드리프트로 대신한 화수는 라영일에게 소총을 건넸다.

"총 잡아요!"

"초, 총이요?"

"혹시나 뒤따라오는 놈이 있으면 그냥 쏴버려요!"

"뒤따라오는 놈이라면……."

잠시 후, 그들의 바로 뒤에 바실리스크가 떨어져 내렸다.

콰앙!

"허, 허억!"

"쏴요! 쏘라고요!"

"에잇, 모르겠다!"

두두두두두두!

인증 홀드 모드를 해놓은 덕분에 화수의 총은 안전하게 불을 뿜었고, 바실리스크를 조금은 견제할 수 있게 되었다.

하지만 그들의 앞을 가로막는 몬스터들은 어쩔 도리가 없었다.

"아, 앞을 좀 잘 봐요! 이러다 치겠어요!"

"아아, 그런 방법이?!"

화수는 기어를 8단에서 6단으로 변환한 후 힘을 주어 몬스터들을 밀고 나갔다.

부우우우우우웅!

쿵쿵!

─끄웨에엑!

"죽어라!"

내구성이 거의 장갑차와 맞먹는 화수의 차는 이런 상황에서 더더욱 빛을 발했다.

이제 사직동을 벗어나 남양동에 이른 화수는 재빨리 구조용 신호탄을 쏘아 올렸다.

피융!

그러자 하늘에서 헬리콥터가 날아와 후방의 적에게 기관총을 난사하기 시작했다.

다다다다다!

퍽퍽퍽!

―크아아앙!

"좋아, 이제 안전지대로 들어왔습니다! 안심하세요!"

"후우……."

화수는 그대로 차를 몰아 삼척시 포위 부대로 귀환하였다.

＊　　　＊　　　＊

화수는 삼척시에서 탈출하면서 자운대로 곧바로 연락을 취했고, 강원도 제2 군사령부에서 1만의 병력이 파견되었다.

이번 작전은 대대적인 토벌 작전일 뿐만 아니라 억류된 사람들을 구해낸다는 것에 의의를 두고 있었다.

군부는 지금까지 삼척시에 창궐한 몬스터들이 대부분 제레의 실험 때문이라는 것에 개탄을 금치 못했다.

아마도 오늘 작전으로 인해 제레의 연구소가 폭발하게 되면 몬스터의 횡포도 끝이 날 것이다.

화수는 2군 사령부가 삼척시로 진군하는 동안 제레 연구소에서 빠져나온 사람들을 데리고 의무대를 찾았다.

삼척시 포위 부대 의무대장 김성민 중령이 직접 진료에 나섰다.

"여기 보세요."

"예."

"으음, 일단 생체반응에는 이상이 없는 것 같습니다. 검사 결과도 좋고요. 다행입니다."

"그렇군요."

"다만 당분간 안정을 취하지 않으면 일시적인 쇼크가 올 수도 있으니 유의하시고요."

천만다행으로 제레에서 케이지에 가두어둔 사람들에게 꽤 고영양의 식단과 영양제를 주사하였기 때문에 몸에는 큰 이상이 없었다.

김성민 중령은 화수에게 영양제 두 알을 건넸다.

"자네는 이것으로 보충 좀 하게."

"후후, 감사합니다."

"그나저나 제레의 수장이라니, 종교 집단의 수장 때문에 이 난리를 피운 건가?"

"아닙니다. 이 사람은 몬스터 전문 연구가입니다. 대한민국, 아니, 세계에서 이 정도로 식견이 깊은 사람도 없죠."

"으음, 그렇군."

화수는 앞으로 그에게서 많은 조언을 구할 생각이다.

"저와 함께 자운대로 가시죠. 그곳에 가서 소명을 하시고 신분 회복을 하십시오. 군에 입대하셔도 되고요."

"고맙습니다."

김지향은 그에게 이번 사건을 기사로 쓰는 것에 대하여 동의를 구했다.

"제가 이번 사건을 신문에 싣고 싶습니다. 허락해 주실래요?"

"생명의 은인이라고 들었습니다. 당연히 허락을 해야지요."

"고맙습니다."

이제 화수의 눈동자는 도지영이라는 여자에게로 돌아갔다.

"건축학과 교수님이셨다니, 이런 곳에는 왜 찾아오신 겁니까?"

"…삼척 시멘트 공장을 신설한다는 소식을 듣고 찾아왔어요. 몬스터의 사체를 이용한 친환경 시멘트 공법을 연구하는 중이었기에 위험한 것을 알고도 찾아왔죠."

"그렇군요."

"하지만 제가 교단을 떠나 있는 동안 새로운 후배들이 제 자리를 노리고 치고 올라왔겠지요."

화수는 그녀에게 명함을 한 장 건넸다.

"잘되었군요. 취직자리 원하시는 거라면 저희 회사로 오시죠."

"회사요?"

"몬스터 관련 화학물 취급 전문입니다. 당신의 지식을 마음껏 펼칠 수 있는 연구소를 드리죠."

"…생각 좀 해보고요."

"그러십시오."

모두가 진료를 마쳤을 때쯤 무전이 날아들었다.

─제2군 사령부에서 알린다. 삼척 시내를 수복했다. 다시 한 번 반복한다.

"역사적인 순간이네요."

"앞으로 이곳에서 다시 물회를 먹을 수 있는 겁니까?"

"아마도요?"

화수는 다섯 명을 그대로 데리고 대전으로 향했다.

*　　　*　　　*

대전 자운대 수렵 사령부로 대전 지방경찰청 소속 경찰들이 찾아왔다.

정복에 경감 계급장과 경정 계급장을 각각 단 두 경찰 간부는 화수에게 악수를 청했다.

"반갑습니다. 대전 지방경찰청 서영회 경정과 이형수 경감입니다."

"강화수 소령입니다."

"바쁜데 괜히 찾아온 것은 아닌가 싶습니다."

"아닙니다. 그런 빌어먹을 놈들은 처벌을 받아야 마땅합니다. 제가 도움이 될 수 있다면 기꺼이 도와야지요."

"감사합니다."

서영회 경정은 먼저 삼척 지역 수복 작전의 상황에 대해 설명했다.

"아시다시피 삼척에 몬스터가 이상하리만치 기하급수적으로 창궐한 것은 제레의 무분별한 몬스터 교배와 밀수 때문이었습니다. 놈들의 공장과 실험실을 폐쇄하고 나니 몬스터의 출몰이 무려 1/20로 줄어들었지요. 아마 잔존 세력만 다 처리하고 나면 더 이상 동해안 고속도로를 위험 지역으로 분류하지 않아도 될 겁니다. 그렇게 되면 동해안이 다시 살아나게 되겠지요."

"다행이군요."

"저희들이 찾아온 것은 이 사건에 대한 감사를 드리는 한편, 어떻게 하여 몬스터 실험실을 찾아냈는지 궁금해서입니다."

"그렇군요."

"신문에는 그냥 라영일 소장이 생환하여 돌아왔고, 그가 무고한 사람이라는 기사뿐이었습니다. 관련자들에게 물어도 큰 수확이 없었고요."

화수는 경찰에게 자신이 아는 모든 것을 털어놓았다.

"저희들이 소백산 수복 작전을 펼치는 도중, 한양 일보 김지향 기자를 만나서 이 사건에 대한 정보를 들었습니다. 덕분에 라영일 박사를 구할 수 있었지요."

"으음, 그렇군요."

"아마 김지향 씨가 이와 같은 정보를 얻게 된 것은 탈출을 도와준 그 의문의 사내 덕분일 겁니다."

"그 사내는 지금 어디에 있지요?"

"거기까진 저도 잘 모릅니다. 워낙 신출귀몰한 사람이라서요."

"잘 알겠습니다."

경찰들은 화수에게 경례를 붙였다.

척!

"아무튼 국익 증진에 힘써주셔서 감사합니다."

"별말씀을요."

"만약 어려운 일이 있으면 말씀해 주십시오. 저희들이 물심양면으로 돕겠습니다."

"감사합니다."

두 사람은 화수에게 명함을 한 장씩 건넸다.

"개인 명함입니다. 꼭 연락 주십시오."

"네, 알겠습니다."

"그럼……."

기무 사령부나 첩보단의 정보력은 가히 국정원에 버금가기 때문에 굳이 경찰의 힘을 빌릴 필요는 없지만, 저들을 알아두어도 나쁠 것도 없었다.

화수는 명함을 잘 갈무리했다.

경찰이 다녀간 후 경찰 조사를 모두 다 마치고 나온 라영일과 도지영이 화수를 찾아왔다.

두 사람은 화수의 회사에 취직하기 위하여 학위 증명서와 이력서 등을 들고 왔다.

"취직을 시켜주신다고 했지만 그래도 혹시나 몰라서 가지고 와봤습니다."

"뭐, 라영일 박사님에 대한 것은 익히 잘 알고 있어서 이력서는 필요 없는데 말입니다."

"그래도 형식은 갖춰야 할 것 같아서요."

"아무튼 찾아와 주셔서 감사합니다."

화수는 두 사람에게 회사의 비전과 그들이 일하게 될 부서에 대해 설명했다.

"라영일 박사님께서 가지고 계신 몬스터 사체의 활용법을 가지고 아파트 재개발을 시작해 볼까 합니다. 원래는 해당 기술을 외주로 받을 생각이었습니다만, 박사님이 계시다면 그럴 필요가 전혀 없겠지요."

"으음, 그건 그렇지요."

"또한 도지영 교수님께서는 건축에 조예가 깊으시니 아파트 단지 이외에 기타 고층 건축물을 리모델링하는 사업을 전담해 주시면 좋겠군요."

"저에게 딱 맞는 일이네요."

화수는 두 사람에게 아주 두둑한 연봉을 제안했다.

"초봉 1억에 인센티브로 건축 이윤 2%를 지급하겠습니다. 어때요?"

"와우, 너무 후한데요?"

"일이 그만큼 힘듭니다. 건축 현장이 꽤 많거든요. 집에 들어가지 못할 때도 많을 것입니다."

"후후, 원래 집에 못 들어간 지 꽤 오래되었잖아요?"

"하긴."

그는 두 사람에게 계약서를 건넸다.

"저희와 근속 계약을 맺게 되면 회사의 편의 시설을 모두 이용하실 수 있고 차량과 운영비도 지원됩니다."

"좋군요."

"자, 그럼 계약서를 쓸까요?"

슥슥슥.

서명란에 날인한 계약서를 파일에 잘 갈무리한 화수는 두 사람에게 사원증을 나누어주었다.

"오늘 오후까지 사무실을 마련해 드릴 겁니다. 편하게 출퇴근하시면 됩니다."

"감사합니다."

이제 화수는 자력으로 아파트 단지를 재구성할 기술력을 갖추게 된 것이다.

*　　　*　　　*

자운대 수렵 사령부 지하.

라영일 박사와 네 명의 장성이 모여 있다.

라영일은 화수와 함께 인도네시아의 미확인 생명체를 조사하고 그것에 대한 분석 자료를 작성하는 제안을 수락했다.

현재 그의 직책은 협약 연구원으로서, 군부와 정부의 지휘를 받지 않고 단독적인 신분으로 일에 임하고 있다.

그는 지금까지 자신이 분석한 미확인 생명체 A—11에 대해 설명했다.

"가칭 A—11은 지금 동면기에 접어든 것으로 보입니다. 첩보단에 따르면 근 한 달 동안 움직임이 거의 없었고, 그 주변의 작은 유체들만이 움직이고 있습니다. 그렇다는 것은 이미 놈이 인도네시아에 세력권을 구축하고 잔존 세력을 적도 인근으로 최대한 가까이 보내고 있다는 뜻입니다."

"세력권 구축이라… 놈이 세력을 적도까지 올리게 되면 그곳에 있는 S—11과 충돌을 일으킬 텐데요?"

"그래서 놈이 얼마 전까지 활동을 보인 겁니다. 지금은 얼마 전 강화수 소령이 직접 잡아온 레서 드래곤, A—11과 같은 중간 보스들을 중요 거점으로 보내고 있는 셈이지요."

"그래서 소백산에 갑자기 몬스터들이 급증했던 것이군요."

"아마 인간이 중간에서 세력권 형성만 잘 해준다면 더 이상의 개체 수 폭증은 없을 겁니다."

"놈들의 세력권이 커지게 되면 우리만 손해 보는 것 아닙니까?"

"그러니 우리가 놈들보다 더 큰 세력권을 가지고 있어야지요. 놈들은 박 터지게 싸우고 우리는 그사이에 영토를 넓혀가는 겁니다. 원래의 우리 구역을 되찾는 것이지요."

"흐음……."

"이를테면 소백산맥이나 태백산맥 같은 산지나 터널, 도로, 고층 건물같이 중요 거점들을 다시 수복하는 겁니다."

"그렇게 하자면 병력이 아주 많이 필요할 겁니다."

"병력이 필요하다면 동원해야 합니다. 만약 그렇지 않으면 S—11과 A—11의 세력 다툼에서 인류가 도태되고 말 겁니다."

장성들은 부동자세를 취하고 있는 화수에게 물었다.

"강화수 소령, 자네의 생각은 어떠한가?"

"유엔군과 협약하여 대대적인 토벌 작전을 시행해야 한다고 생각합니다. 지금까진 S—11의 폭주 등을 문제로 조용히 있었습니다만, 이젠 A—11이 버텨주고 있으니 상황이 달라진 겁니다."

"이이제이, 뭐 그런 건가?"

"우리 적의 적은 동료입니다. 이용할 줄도 알아야 한다고 생각합니다."

"흐음……."

지금 이곳에 모인 네 명의 장성은 한국, 중국, 일본, 인도의 합참의장이다.

그들이 결단을 내리게 되면 각 군의 참모부로 해당 사항에 대한 작전이 하달되어 대대적인 토벌 작전이 벌어지게 될 것이다.

인도의 합참의장 살만 쿠마르는 삼국의 결단을 종용했다.

"우리는 대대적인 토벌 작전을 시행할 것입니다. 나머지 삼국의 결단도 중요하다고 생각합니다."

"하지만 비용이……."

"비용을 따지자면 지금 우리가 몬스터로 인하여 손해 보는 것이 더 클 겁니다. 또한 토벌로 인해 들어오는 수입이 대단할 터이니 군비를 충당하는 데 문제가 없지 않겠습니까?"

조광수 소장은 고개를 가로저었다.

"뭐, 타도를 한다고 칩시다. 하지만 우리 한국군은 몬스터를 사냥한다고 해도 그것에 대한 부산물을 팔아치우는 데 문제가 있습니다. 엄연히 말하자면 우리는 사체에 대한 처리권이 없습니다. 그것을 모두 대기업이 틀어쥐고 있어 수익을 내기가 힘든 실정이지요."

"그렇다고 토벌을 미뤄놓을 수는 없는 것 아닙니까?"

"하지만 반대로 생각해 보면 총알값도 충당 못 하는 판국에 무슨 대대적 토벌을 벌이겠습니까? 아마 국회에서 맹비난을 받지 않으면 다행일 겁니다."

"…복잡한 나라군요."

한국군은 계속되는 군비 삭감으로 인해 숙원 사업인 F—X 사업이나 차세대 지대공 미사일의 개발 같은 신무기 사업조차 제대로 시행하지 못하고 있는 상황이었다.

숙적인 북한과 새로운 적인 몬스터, 이 두 세력권 안에서 고군분투하는 한국군의 사정은 이루 말로 설명하기도 힘들 정도로 열악했다.

거기에 이곳저곳에서 방산 비리를 저지르고 다니니 군인들

월급 주기도 빠듯한 실정이었다.

그나마 몬스터 출현 초반에 개발한 장비들로 지금까지 버
티고 있는 것이지, 그렇지 않았다면 구식 K-2 소총으로 몬스
터를 때려잡아야 했을 것이다.

"몬스터의 부산물을 군이 처리할 수 있도록 법안을 바꿔보
시죠."

"여러 차례 시도는 해보았습니다만, 방산 비리 등으로 엮어
서 국회에서 부결시키더군요."

"그놈의 방산 비리가 문제군요."

"방산 비리도 문제지만 대기업과 붙어먹는 군대의 끄나풀도
문제입니다. 방산 비리를 저지를 수 있는 조건이 뭐겠습니까?
뒤를 봐주는 백이 있어야 가능한 것 아닙니까?"

"참, 머리가 아프군요."

가만히 그들을 바라보던 노부사 키라유키 준장이 화수를
바라보았다.

"잠깐, 강화수 소령."

"예."

"당신, 회사를 가지고 있다고 하지 않았습니까?"

"그렇지요."

"그렇다면 군에서 나오는 부산물을 전부 강화수 소령이 회
수하면 되는 것 아닙니까?"

"군에서 지정한 직영 업체들이 있습니다. 그들을 통해서……."

"직영 업체들은 군에서 지정하는 것 아닙니까?"

"그건 그렇지요."

그녀는 조광수에게 한 가지 전략에 대해 귀띔했다.

"직영 업체들을 다시 선정하십시오. 조 소장님, 당신은 군사령부 직속 라인이라고 했지요?"

"그렇지요."

"그렇다면 대통령의 의중이 어떤지 알고 있겠군요."

"각하께서도 대기업의 독과점이 문제라는 것은 알고 있습니다. 다만 여당의 반발이 만만치 않기 때문에 가만히 계시는 것이지요."

"좋아요, 그럼 대통령에게 직영업체 선정을 군 내부에서 결정한다고 슬쩍 수를 흘리고 내부에서 직영업체 선정을 전부 강화수 소령의 회사로 돌려 버리는 겁니다."

"만약 반발이 일어나면 어쩝니까? 안 그래도 국론이 분열되네 마네 말이 많은데요."

"구더기 무서워서 장 못 담근다는 말이 있지요."

"흐음……."

예전부터 몬스터 시신의 처리 문제는 국민들의 입방아에 오르내리고 있었으나, 집권 여당의 정권이 10년 이상 지속되다 보니 바뀔 생각을 하지 않고 있었다.

조광수는 키라유키의 제안이 잘못하면 또 한 번의 쿠데타처럼 군대를 변질시킬 수 있다고 강조했다.

"한국은 두 번의 쿠데타가 있었습니다. 군부의 정치 개입은 아주 민감한 사안이란 말이지요."

"음, 그런가요?"

"강화수 소령에게로 몬스터 시신들을 몰아주게 되면 반드시 쿠데타니 뭐니 말이 많아질 겁니다."

"하지만 재주는 곰이 부리고 돈은 왕 서방이 챙기는 이 말도 안 되는 체제를 지켜만 볼 겁니까?"

몬스터의 출현으로 피해를 본 것은 국민이지만, 놈들을 잡아서 생긴 이득을 일부 기득권층이 챙기는 이 체제는 그야말로 불합리하다 할 수 있었다.

조광수는 일단 이 사안을 대통령에게로 넘기기로 했다.

"각하께 말씀드려 보겠습니다. 하지만 큰 기대는 하지 마시지요."

"며칠 후에 다시 뵙지요."

"그럽시다."

회의를 끝낸 조광수는 채비를 하고 청와대로 향했다.

*   *   *

며칠 후, 화수에게 청와대 비서실장이 전화를 걸었다.

—강화수 씨?

"예, 제가 강화수입니다만?"

—청와대입니다. 시간 괜찮으시면 각하와 차 한잔하시죠.

"누, 누구요?"

—대통령 각하 말입니다. 시간 괜찮으십니까?

"물론입니다."

—좋습니다. 그럼 지금 당장 평택으로 출발하십시오. 저희도 지금 움직이겠습니다.

"알겠습니다."

전화를 끊은 화수는 대통령이 분명 몬스터 코어에 대한 얘기로 자신을 불러낸 것이라고 생각했다.

또한 청와대가 아닌 외부에서 그를 만난다는 것이 무엇을 뜻하는지 대충 짐작이 갔다.

'뭔가 일을 시키려는 건가?'

화수는 차를 몰아 평택으로 향했다.

이른 아침, 평택의 한 별장으로 화수의 차가 들어섰다.

그는 내비게이션에 나와 있는 주소가 이곳인지 몇 번이나 확인한 후에 차에서 내렸다.

화수는 낡고 허름한 별장의 마당에 있는 간판을 바라보았다.

[Mr. P]

아무래도 이곳의 간판에 쓰여 있는 이 작은 글씨는 대통령을 뜻하는 것이 분명했다.

"제대로 온 모양이군."

잠시 후, 검은색 정장에 선글라스를 쓴 남자들이 화수에게로 다가왔다.

"강화수 소령님?"

"예, 그렇습니다."

"이쪽으로 오시지요. 기다리고 계십니다."

화수는 대통령의 경호원들을 따라서 전통 한옥형 별장 안채로 향했다.

촤락!

비상하는 주작이 새겨진 섭선을 펼친 대통령 한명희가 화수에게 부채질을 해주었다.

화수는 그에게 경례를 올렸다.

척!

"충성!"

"오시느라 수고 많았습니다. 더우시죠?"

"아닙니다. 괜찮습니다."

"그렇군요. 아무튼 좀 앉으세요."

"예, 각하."

한명희는 정갈하게 차려진 다과상을 준비하여 화수의 앞에 놓았다.

"오미자차가 잘 우러났더군요. 한잔하시죠."

"감사합니다."

화수가 찻잔을 잡자 그는 안채 툇마루에 걸터앉아 얘기를 시작했다.

"제가 당신을 이곳까지 부른 이유는 대충 알고 있을 겁니다."

"짐작은 하고 있습니다."

"그래요. 조광수 소장이 저에게 지금 대한민국의 가장 심각한 문제이면서도 해결이 불가능한 일의 열쇠가 바로 당신이라고 하더군요."

"저는 그냥 사냥꾼입니다. 할 수 있는 일이 별로 없지요."

"그래서 당신이 필요한 겁니다."

그는 화수에게 서류를 한 장 건넸다.

"받으세요. 당신에게 마패를 드리겠습니다."

"마패요?"

화수가 받은 서류에는 앞으로 전군이 포획하는 몬스터 시신에 대한 관리를 그가 전담한다는 내용이 들어 있었다.

"……!"

"저는 당신에게 마패를 드릴 테니 당신은 암투에서 이겨주십시오. 그게 제 부탁입니다."

"논란이 많을 텐데요."

"정치는 제 몫입니다. 그러니 당신은 군인답게 싸워주시기만 하면 됩니다."

그는 자신의 친가인 집권 여당을 등지면서까지 이 일을 단행할 생각인 것이다.

"당신이 잘 버텨주기만 한다면 몬스터 부산물을 취급하는 시장을 개설할 수 있습니다. 그렇게 되면 현재의 폭리를 안정시키고 국민들에게 에너지 재보급을 시켜줄 수 있을 테지요."

"으음……."

"이 또한 군인으로서 국민을 지키는 일입니다. 최선을 다해주셨으면 합니다. 제 부탁, 들어주실 겁니까?"

"저는 군인입니다. 시키면 합니다. 제가 군에 재입대를 하지 않았다면 모르겠습니다만, 들어온 이상에야 모른 척할 수 없습니다."

"그래요. 고맙습니다. 대신, 내 임기가 끝날 때까지 당신을 모른 척하지 않겠습니다. 제 임기, 이제 3년 남았습니다. 그동안 당신에게 해줄 수 있는 모든 것을 해드리겠습니다."

"사례는 바라지 않습니다."

"아니요, 그래도 영웅에겐 그에 합당한 대접이 필요한 법이죠."

몬스터의 창궐로 인하여 대통령이 두 번이나 바뀐 한국은 얼마 전에 새로운 대통령을 선출하여 지금의 정부를 꾸렸다.

성공한 정치인인 한명회가 대통령으로 당선되면서 수많은 비난을 받고 있지만, 그는 굴하지 않고 자신만의 길을 걷고 있었다.

그는 화수에게 진짜 암행어사 마패를 건넸다.

"힘에는 그만한 권한이 따라야 합니다."

"이게 뭡니까?"

"대통령 직속 특무 감사의 ID 카드입니다. 소속은 대통령 비서실로 되어 있습니다만, 권한은 국정원과 검찰에까지 뻗치지요. 이 정도면 사람 하나 감옥에 넣는 데는 문제없을 겁니다."

"이건……."

"당신은 무분별하게 사람을 감옥에 넣을 사람이 아니라고 생각합니다. 이 일을 하자면 암행어사 마패가 꼭 필요합니다. 받아두세요."

"예, 알겠습니다."

"이로써 당신은 이제 군인이자 대통령의 특사입니다. 내 사람이라는 얘기지요. 제 편에 서주실 겁니까?"

"국민을 위한 일이라면요."

"고맙습니다."

화수의 표정에 결연함이 스친다.

제8장

소개팅

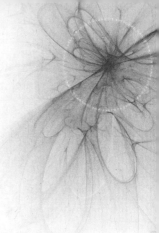

　늦은 밤, 화수는 양손 가득 치킨을 들고 유성구 노은동의 자택으로 향했다.

　영주시 파병과 삼척시 침투 임무로 인해 집에 들어가지 못한 지가 꽤 되었으니 가족들이 더더욱 기뻐할 것이다.

　게다가 회사의 전체 회식까지 버리고 집으로 돌아가는 길이다.

　"좋아하겠지?"

　갑천변을 몬스터에게서 수복하고 난 지 얼마 되지 않은 시점이라 갑천변의 땅들은 아직 제 기능을 하지 못하고 있었다.

때문에 대전의 외곽 지역으로 도심이 이전되거나 거주 지역이 지정되는 경우가 많았다.

화수는 정부에서 지원 받은 안전 가옥으로 이사하고 그곳에서 평생을 살아야겠다고 생각하고 있다.

물론 지수와 연수가 시집을 간다면 화수는 이곳에서 혼자 살아야 할 것이다.

노은동의 돔형 주택으로 화수의 차가 들어섰다.

"오빠다!"

연수는 화수의 자동차 소리만 듣고도 그가 돌아왔다는 것을 알고 버선발로 달려 나왔다.

"오빠!"

"잘 있었어?"

"그럼! 그나저나 오늘도 집에 안 오고 회사에 짱박히는 줄 알고 얼마나 서운했는데, 기대 이상이야!"

"다행이구나. 자자, 치킨 먹자!"

"와아!"

어려서 아버지를 여읜 연수는 화수를 아버지처럼 생각하고 있었기에 그는 동생을 위해서 암에 걸렸을 때에도 그리 억울한 심정은 아니었다.

동생 때문에 죽을 뻔했어도 그녀가 나을 수 있다면 또다시 투병 생활을 할 수 있을 것만 같은 화수이다.

화수가 치킨을 들고 집으로 들어서니 지수는 빨래를 널고 있다.

"일찍 왔네?"

"사장이 회식에 오래 남아봐야 뭐 하겠어? 그냥 일찍 들어 왔지, 뭐."

"잘했어."

"누나, 어서 와. 치킨 먹자."

"오오, 좋지!"

그녀는 화수가 사온 치킨에 곁들여 마실 맥주를 꺼내왔다.

치익!

쏴아아아아!

살얼음이 둥둥 뜬 맥주는 하루의 피로를 금세 날려줄 것이다.

꿀꺽, 꿀꺽!

"크흐, 죽인다!"

"역시 치킨에는 맥주가 최고야. 그치?"

"그러게 말이야."

화수가 가족들과 함께 오붓한 시간을 보내고 있는데 밖에서 인기척이 느껴졌다.

쿵쿵쿵!

"뭐야? 이 시간에 누가 찾아왔지?"

"그러게 말이야."

그는 인터폰을 켜서 확인해 보았다.

"누구세요?"

─이봐요, 자꾸 쓰레기를 우리 집 앞에다 버릴 거예요?!

"그게 무슨 소리입니까? 우리는 쓰레기를 우리 집 주차장 앞에 버리는데."

─당신들이 아니면 우리 동네에서 쓰레기를 함부로 버릴 집이 또 어디 있어요? 안 그래요?

"…무슨 말이 그렇습니까?"

─아무튼 또 한 번 쓰레기를 버리면 소송 걸 줄 알아요.

"아, 아주머니, 그게 무슨……."

그녀는 뒤도 돌아보지 않고 다시 집으로 돌아가 버렸고, 화수는 어처구니가 없어 실소를 흘렸다.

"…허어, 정신이 어떻게 되었나? 뜬금없이 무슨 쓰레기?"

"뭐야? 왜 그래?"

"어떤 아줌마가 자기 집 앞마당에 쓰레기를 무단 투기한다고 난리네. 한 번 더 그러면 소송 걸겠대."

지수는 화가 머리끝까지 나서 일어섰다.

"이런, 미친 아줌마가 진짜 끝까지 해보자는 거야, 뭐야?!"

"어어, 진정해. 싸워서 해결될 문제는 아니니까."

"그래도 우리 집까지 찾아와서 난리를 피우는데 가만히 있어?! 저 여자, 며칠 전부터 자꾸 찾아와서 시비 걸어!"

"거참, 왜 저러는 거지?"

"몰라!"

"일단 진정해. 만약 저 여자가 허튼수작을 부리면 내가 알아서 해결할게."

"후우, 그래."

화수는 애써 그녀를 진정시켰으나 찜찜한 마음이 가시지 않았다.

'좋아, 나도 당하곤 못 사는 성격이지.'

그는 치킨을 다 먹은 후 조용히 자동차 트렁크로 향했다.

*　　　　*　　　　*

이른 새벽, 화수는 자신의 집 마당에서부터 네 블록을 커버하는 스네이크캠과 헬리캠 시스템을 설치했다.

원래 이것은 몬스터의 동태를 살피고 이동 경로를 파악하기 위한 감시 시스템인데, 태양열로 작동하여 24시간 꺼지지 않고 감시가 가능했다.

삐비빅!

[헬리캠, 스네이크캠 시스템이 작동합니다.]

지이이잉!

스네이크캠은 감시 지역 주변을 맴돌면서 열 개의 눈으로 촬영하게 되는데, 서로 네트워크 시스템을 구축하고 있어서 몬스터의 동태가 파악되면 그 즉시 유동적으로 위치를 바꾸어 감시하게 된다.

여기에 헬리캠까지 띄워서 감시하면 제아무리 전문적인 스파이라도 빠져나갈 수 없다.

화수는 시스템을 구축해 놓고 스마트 워치로 영상을 확인해 보았다.

"으음, 좋아. 아주 잘 작동되는군."

55개의 분할 화면으로 촬영되는 감시망이 작동하면 과연 이번 사건이 누구의 잘못인지 시시비비를 분명히 가릴 수 있게 될 것이다.

며칠 후, 화수의 집에 또다시 이웃집 여자가 찾아왔다.

쾅쾅쾅!

"이봐요! 문 열어요!"

"무슨 일입니까?"

"내가 경고했죠! 우리 집 앞에 쓰레기를 버리면 고소하겠다고요! 지금 당장 경찰 부를 테니까 그렇게 알아요!"

"우리가 하지 않았다니까 자꾸 그러시는군요."

"흥! 당신네들이 했는지 안 했는지 어떻게 알아요?! 일단 경찰 불러서 잘잘못을 따져보자고요!"

"흠, 그렇게 피를 보고 싶다면 마음대로 하시죠."

"좋아요! 피 한번 봅시다!"

지수와 연수가 무슨 일인가 싶어 밖으로 나오려 했으나, 화
수는 그녀들을 안으로 들였다.

"뭐야? 무슨 일이야?"

"별것 아니야. 그냥 들어가 있어. 내가 알아서 처리할게."

"…그래, 알겠어."

잠시 후, 정말로 경찰이 동네 어귀에서부터 천천히 오토바
이를 타고 달려왔다.

척!

"경찰입니다. 신고받고 왔습니다만……."

"네, 잘 오셨어요! 글쎄, 이 남자가 자꾸 우리 집 앞에 쓰레
기를 무단 투기하잖아요!"

"무단 투기요?"

"네!"

"무단 투기는 2년 이하의 징역이나 500만 원 이하의 벌금에
처해집니다. 선생님, 정말 그러셨습니까?"

"아니요."

"흐음, 정말요?"

"못 믿겠으면 쓰레기 더미를 뒤집어 까면 되겠군요."

요즘 쓰레기 무단 투기에 대한 법률이 재정되어 100만 원 이하의 벌금형에서 2년 이하의 징역, 500만 원 이하의 벌금으로 법이 바뀌었다.

쓰레기 한 번 버리는 것이 그리 큰 문제가 되겠냐 싶겠지만, 몬스터가 출현한 후론 얘기가 달라졌다.

도시가 황폐화되면서 쓰레기를 아무렇게나 버리는 사람들이 늘어나고 쓰레기에 오염 물질인 몬스터 폐기물까지 슬쩍 끼워 넣곤 했다.

정부에선 이런 범죄를 엄단하기 위하여 법을 강력하게 제정한 것이다.

경찰은 시시비비를 가리기 위하여 CCTV의 여부와 목격자에 대한 여부를 먼저 조사했다.

"이 동네에 CCTV가 있습니까?"

"아직 설치되지 않은 것으로 압니다."

"목격자는요?"

"없지요."

"…이래선 무단 투기가 성립되기 힘들 것 같은데요?"

"내, 내가 봤어요! 내가 봤다고요!"

순간 경찰이 그녀의 얘기에 귀를 기울였다.

"정말로 봤어요?"

"물론이죠! 저 남자와 저 남자의 가족이 쓰레기를 버렸어요! 정말입니다!"

"흐음, 그렇단 말이죠?"

경찰이 화수를 의심의 눈초리로 바라보자 화수는 드디어 히든카드를 꺼내 들었다.

"좋아요, 그렇다면 내가 혹시나 해서 설치한 CCTV를 보시죠."

"CCTV요?"

"엄연히 말하자면 몬스터 수렵에 사용되는 장비인데, 이 동네의 치안을 위해서 제가 설치한 겁니다."

"당신은……."

"저는 수렵 부대에서 근무하는 군인입니다. 영관급 장교가 사는 지역은 스스로 군부 장비로 임시 수색을 할 수 있도록 허가되어 있습니다. 아시죠?"

"무, 물론입니다."

"자, 그럼 한번 볼까요?"

화수는 그동안 녹화된 화면을 경찰에게 인계하였고, 그들은 빨리 감기로 쓰레기의 무단 투기 현장을 포착해 냈다.

영상에는 새벽녘을 이용하여 쓰레기를 버리는 한 남자의 모습이 담겨 있었다.

"여, 여기 있다!"

"남자네?"

"오호라, 저 남자는……!"

"학생 같은데요? 교복을 입었어요."

"어, 어?"

바로 그때, 여자의 집에서 교복을 입은 학생이 나왔다.

"엄마, 나 용돈."

"……."

사람들의 시선이 일제히 그 학생에게로 쏠렸고, 그제야 그는 뭔가 일이 잘못되어 간다는 것을 깨달았다.

"…학교 다녀올게요!"

"어이, 학생!"

"으아아아!"

"거기 안 서!"

경찰들은 재빨리 학생을 붙잡고 더 이상 도망가지 못하도록 억류했다.

쿵!

"으윽!"

"무단 투기는 꽤 무거운 죄입니다. 이 학생을 데리고 가서 조사해 보면 되겠군요."

"아, 아닙니다! 죄송해요! 제가 잘못했습니다!"

"학생, 왜 투기를 했지?"

"…집에서 실험을 했어요. 취미로 화학약품을 배합하는 동

호회에 가입했거든요."

"화학물을?"

"엄마에게 걸리면 혼날 것 같아서……."

화수는 한심하다는 듯이 학생의 부모를 바라보았다.

"자, 이제 무죄가 입증됐죠? 범인을 잡았으니 된 것 맞잖습니까?"

"……."

"그럼 저는 이만."

경찰이 돌아서는 화수에게 물었다.

"무고죄로 신고가 가능합니다. 그냥 가시겠어요?"

"괜찮습니다. 학생이 저지른 일에 무슨 무고죄입니까?"

"으음, 그렇다면 다행이고요. 그럼 수고하십시오."

"네, 그럼……."

여자는 아들을 끌고 집으로 들어갔다.

콰드득!

"아, 아아……!"

"이리 들어와! 너 이 자식, 오늘 죽었어!"

"어, 엄마! 미안해!"

화수는 실소를 머금었다.

*   *   *

며칠 후, 화수는 출근길에 올랐다.

부르르르릉!

주차장에서 차를 빼내 자운대로 향하려는 화수에게 이웃 집 여자가 다가왔다.

똑똑.

화수는 창문을 내렸다.

"무슨 일이시죠?"

"총각, 저번엔 내가 미안했어. 자운대에서 근무한다면서?"

"예, 그렇습니다."

"어이구, 어깨에 배추 이파리도 달려 있고, 능력이 좋은가 봐?"

"그냥 운이 좋은 거죠."

그녀는 자꾸 말을 빙빙 돌리며 화수를 잡아두는 눈치다.

'뭐야? 왜 이래?'

그는 연신 시계를 바라보며 말했다.

"용건이 있다면 지금 말씀하시죠. 만약 동네에 관련된 것이라면 제 누나에게 말씀하시든지요."

"아, 아니야! 그런 것이 아니고⋯⋯."

"그럼 뭡니까?"

그녀는 화수에게 어처구니없는 제안을 했다.

"총각, 선 한번 안 볼래?"

"선이요?"

"내가 이 동네에서 중매만 20년 했거든. 그런데 요즘 괜찮은 남자들이 없어서 성적이 영 시원찮네. 직업도 좋고 인물도 좋고 능력도 있는 것 같은데, 어때? 괜찮은 아가씨 한번 만나 볼 생각 없어?"

"됐습니다. 그럼 저는 이만……."

화수는 그대로 창문을 내린 채 차를 출발했다.

부아아아앙!

그녀는 다소 황망한 표정을 짓고 있었지만, 괜히 저런 여자의 중매에 얽이고 싶은 생각이 없었다.

화수는 뒤도 돌아보지 않고 부대로 향했다.

그날 저녁, 화수에게 옆집 여자가 또 찾아왔다.

"호호, 총각, 내가 며칠 전에는 너무 미안했어. 우리 집에서 닭 몇 마리 잡았는데 맛 좀 봐 봐."

"아, 예."

겸연쩍은 표정으로 집으로 들어가려는 화수에게 그녀가 물었다.

"총각, 올해 나이가 몇이야?"

"서른다섯입니다."

"어머나, 딱 좋네! 결혼 적령기잖아?"

"…그런가요?"

"지금 때를 놓치면 나중에 후회해. 총각, 변호사 아가씨가 아주 참해. 한번 만나볼래?"

"아니요, 괜찮습니다."

정중히 거절하는 화수에게 그녀는 끝까지 매달린다.

"에이, 그러지 말고 한 번만 만나봐. 내가 얼마 전에 신세 진 것이 너무 미안해서 그래."

"괜찮습니다. 학생이 그럴 수도 있는 것이고, 실제로 저는 기분이 그리 나쁘지도 않았습니다. 그러니 된 것이죠. 그럼 저는 이만……."

"잠깐!"

"…거참, 싫다는데 자꾸 그러시는군요."

"총각, 그러지 말고 사람 한번 살려주는 셈 치고 만나줘. 응? 내가 총각 같은 군인이 꼭 필요해서 그래."

"군인이요?"

"그쪽 집안에 아가씨가 넷인데 꼭 군인이어야 한다고… 그 것도 계급이 좀 높은……."

"그런 집안과 엮여봐야 저만 손해 아니겠습니까?"

"뭐, 그럴 수도 있겠지. 하지만 한 번 만나주는 건데, 그냥 선심 쓰는 셈 치고 해주면 안 될까? 부탁 좀 할게."

"거참······."

바로 그때, 화수의 뒤에서 대문이 열렸다.

끼익!

"그, 선, 볼게요."

"어머나, 정말?!"

"누, 누나!"

지수는 옆집 여자에게 사진과 전화번호를 요구했다.

"요즘은 전화번호 주고받는 소개팅이 대세라면서요? 주세요."

"호호, 그래! 고마워! 연수라고 했나? 우리 아가씨네 학교에도 내가 잘 말해줄게!"

"고맙습니다."

"고맙긴, 내가 고맙지. 우리 애 아빠 승진이 달린 문제인데."

지수가 표정이 일그러져 있는 화수에게 속삭였다.

"···저 여자가 우리 연수네 학교 재단 부녀회 총괄 회장이야. 저 여자 입김 한 번이면 연수의 출석 일수가 바뀔 수도 있대."

"추, 출석 일수가?"

"응. 너도 잘 알지? 연수가 학교를 잘 못 나가서 출석 일수가 한참 미달인 거. 이대로는 원하는 대학에도 갈 수 없을 거야."

"……."

화수는 동생의 일이라면 눈이 돌아가는 사람이다.

"그럼 할 수 없네."

"그래, 네가 한번 희생해."

그는 옆집 여자에게 물었다.

"정말 데이트 한 번이면 되는 거죠?"

"아이고, 물론이지! 하지만 아가씨가 네 명이라서……."

"그럼 네 번 만나면 되겠네요."

"고마워! 정말 고마워! 내가 이 은혜는 평생 안 잊을게!"

도대체 승진이 뭐라고 저렇게까지 하는지 모르겠지만, 동생을 위해서라면 여자 몇 번 만나는 것쯤은 아무렇지도 않은 화수다.

"쩝, 주말 몇 번 반납하지, 뭐."

그는 대수롭지 않게 생각하고 집으로 들어갔다.

*　　　*　　　*

며칠 후, 화수는 대전에서 변호사 생활을 하고 있다는 여자를 만날 수 있었다.

"……."

"요즘 소령 연봉이 한 사오천쯤 되나요?"

"그렇죠."

"그럼 내가 모아놓은 돈하고 합쳐서 지하에 아파트 하나 장만하고 아이 셋 정도 낳으면 되겠네요. 이제 곧 소령에서 중령으로 진급하신다고 하던데, 맞죠?"

"네, 맞습니다."

"으음, 좋아요. 그 나이에 중령이라니, 육사고 뭐고 다 필요 없네요. 능력이 최고지."

그녀는 벌써부터 화수와의 결혼을 생각하고 있는 것 같았지만, 화수도 보는 눈이라는 것이 있는 사람이다.

그녀의 외모로 말할 것 같으면 갑천변의 오크를 방망으로 서너 대 쥐어 팬 것 같은 얼굴이다.

한마디로 얼굴이 산산조각 났다는 소리다.

'정말, 그 아줌마 성격 한번 지랄 맞군. 나에게 억하심정이 있는 것이 분명해. 그렇지 않고서야……'

잘못되면 뺨이 석 대라는 숭매를 이렇게 내충 서나니, 정말 뺨이라도 몇 대 후려치고 싶은 화수였다.

"왜요? 커피가 별로인가요?"

"아, 아닙니다."

"어디 불편한 것 같은데 자리를 옮길까요? 듣자 하니 군인은 술을 좋아한다던데, 나가서 와인이나 한잔할까요? 제가 분위기 좋은 곳을 알아요."

"아, 아니, 그것보다는……."

"그것보다는?"

"휴우, 아닙니다."

화수가 이 세상에서 가장 싫어하는 것 중에 하나가 바로 음식 메뉴를 고르는 것과 모르는 사람에게 싫은 소리를 하는 것이다.

그는 어쩔 수 없이 그녀가 하자는 대로 자리에서 일어섰다.

"자, 그럼 나갈까요?"

"그, 그럽시다."

"차가 특이하던데, 뭐예요?"

"군에서 제작한 제 전용차입니다."

"어머나! 역시 강 소령님은 능력이 좋아서 가만히 두지를 않네요!"

그녀가 다가와 팔짱을 끼는데 등에서 소름이 쫙 돋아나는 화수다.

'으, 으으윽!'

사냥터의 몬스터가 구애를 한다는 생각이 들 정도로 끔찍한 순간이 찾아와 화수는 속으로 반야심경을 외웠다.

'관자재보살, 행심반야바라밀다시…….'

화수가 초임 하사로 한창 정신이 없던 시절, 그의 중대장이 불교의 교리를 전파한답시고 화수에게 매일 불경을 외워준 적이 있다.

그는 귀에 딱지가 앉아 반야심경을 거꾸로 외우라고 해도 외울 수 있을 정도로 달달 외우고 있었다.

이렇게 누군가 말도 안 되는 소리를 하는 날엔 꼭 반야심경을 외우곤 했다.

'시간은 지나갈 테니까.'

화수는 마음의 눈을 감았다.

*   *   *

다음 날 화수는 오크 변호사의 여동생 코볼트를 만났다.

"……."

"쿡쿡, 잘생기셨네요!"

화수는 이제 슬슬 화가 나려 했다.

'…이런, 제기랄. 집안이 어떻게 죄다 몬스터야? 아수 싹 삽아서 청소를 해버리고 싶네.'

요즘처럼 성비가 안 맞는 시국에 남자 하나 없어서 빌빌댄다고 했을 때부터 뭔가 수상하다고 생각하긴 했다.

하지만 설마하니 줄줄이 이렇게 얼굴이 대파된 사람이 나올 줄은 아예 상상조차 못 했다.

매부리코에 쭉 찢어진 눈, 거기에 앞으로 툭 튀어나온 입은 마치 쥐 대가리를 보는 것 같았다. 그러나 가장 큰 문제는 그녀가 한 싸가지 하는 검사라는 것이다.

"그나저나 군인이면 땀 냄새가 많이 날 것 같은데… 씻고는 다니시죠?"

"…그렇죠."

"내가 아는 군인들은 더럽고 게으르고 비리나 저지르죠. 그런 놈들이 떼로 몰려다니면 싹 잡아서 불태우고 싶다니까요."

"……"

"아아, 당신 들으라고 한 얘기는 아니에요. 우리 할아버지가 워낙 엄해놔서 제가 군인이라면 자다가도 경기를 일으키죠. 그냥 그렇다고 생각해 둬요."

화수는 자신이 도대체 무슨 죄를 지었기에 이런 사람들에게 욕을 먹어가면서 소개팅을 해야 하는지 이해를 할 수 없었다.

하지만 그는 모르는 사람에게 딱 잘라 모진 소리를 못 하는 사람이었다.

"…그래요. 뭐, 당신도 술 좋아하시나요?"

"아니요. 저는 술 싫어해요. 왜요? 술 먹여서 무슨 짓 하려고요?"

"됐습니다. 무슨 짓은… 하고 싶지도 않고요."

"네?"

"얘기 끝났으면 그만 일어나시죠. 피차 시간도 없는데 말입니다."

"그래요."

그녀를 놓아두고 자리에서 일어선 화수는 주먹을 불끈 말아 쥐었다.

'두 번 남았다.'

그는 오늘도 반야심경을 줄줄 외웠다.

며칠 후, 화수는 다시 오크의 동생 코볼트, 그 코볼트의 동생을 만나게 되었다.

그는 오늘 왁자지껄한 백화점 앞 번화가에서 그녀를 만나기로 했다.

"늦네."

안 그래도 언니들 때문에 뚜껑이 열려 있는 차에 시간까지 못 맞추니 열불이 터질 지경이다.

하지만 화수는 애써 화를 꾹꾹 눌러 참았다.

"언젠가는 오겠지."

화수는 백화점 벤치에 앉아서 주변의 경관을 둘러보고 있었다.

얼마 전까지만 해도 몬스터의 소굴이던 백화점 'K타운'은 화수의 손에 재탄생된 곳이다.

그는 새삼 감회가 새로웠다.

"그래, 이런 맛에 수렵을 하는 거지."

사람들이 백화점을 드나들면서 행복해하는 모습은 화수를 뿌듯함 그 이상의 감성에 잠기게 만들었다.

그는 이런 평화가 계속되도록 노력할 것이다.

화수가 한창 감성에 젖어 있을 때, 그의 뒤로 한 여성이 다가와 정중히 말을 걸었다.

"저, 강화수 씨?"

순간, 무심코 뒤를 돌아본 화수는 자신의 눈을 의심했다.

"……!"

"강화수 씨 아닌가요?"

"마, 맞습니다. 그런데 그쪽은 아나운서……."

"…부끄럽네요. 화면과 실물이 많이 다르다고 하던데 금방 알아보시네요."

화수는 하사 시절, 영내 생활을 하던 때의 기억을 떠올렸다.

비록 지금은 사람들의 기억에서 조금 잊히긴 했어도 그때 그녀는 공영방송의 간판 앵커로 맹활약했다.

수려한 외모에 굴곡진 몸매, 게다가 예능에서 보여준 소탈한 모습까지, 화수의 부대원들은 그녀를 여신으로서 숭배하였다.

"반가워요. 차성희입니다."

"강화수입니다."

"언니들에게 들은 대로 미남이시네요."

"그쪽이야말로……."

이게 꿈인가 생시인가 헷갈리는 화수에게 그녀가 말했다.

"근처에서 술이나 한잔할까요?"

"그러시죠. 제가 안내하겠습니다. 회사 근처라 좋은 곳을
알거든요."

"그래요. 가요."

화수는 그녀를 데리고 단골 술집으로 향했다.

*   *   *

작고 허름한 포장마차 안.

쿵짜자, 쿵짝!

"열여덟 딸기 같은 어린 내 순정~"

"좋다!"

이 작고 허름한 포장마차가 한때 화수를 버티게 해준 원동
력이었으며 지금도 가끔 저녁에 반주를 걸치는 안식처였다.

화수는 주인장이 손님들과 함께 둘러앉아 술을 퍼마시는
이 포장마차가 너무나 좋았다.

"미안합니다. 조금 작죠?"

"아니요, 좋아요. 나도 소주 좋아하거든요. 특히나 이런 분

위기 좋은 곳은 없어서 못 가죠. 소개해 줘서 고마워요."

"별말씀을요."

주인장이 화수에게 다가와 등짝을 후려쳤다.

짜악!

"으윽!"

"이놈, 요즘 어깨에 말똥 달았다고 걸음이 뜸하네?"

"좀 바빴어요."

"그래도 술은 처마시면서 살아야지. 안 그럼 인생을 도대체
무슨 재미로 사냐? 안 그래, 처자?"

"호호, 맞아요."

"오늘은 예쁜 아가씨 데리고 왔으니까 진득하니 마시다가
돌아가. 시커먼 군바리들이나 거느리고 다니지 말고."

"거참, 할머니, 술이나 한 병 더 줘요."

"클클, 가져다 처마셔라! 언제부터 술을 달랬다고 지랄이야?"

전쟁을 겪은 세대라서 그런지, 주인 할머니의 입담은 참으
로 거칠고도 찰진 맛이 있었다.

화수는 자리에서 일어나 직접 술을 가져다 놓으며 말했다.

"입이 좀 걸어요. 그냥 알아서 필터링하시는 편이 좋을 겁
니다."

"정겹고 좋네요. 욕쟁이 할머니라니."

그녀는 술집의 풍경이 아주 독특하다며 웃었다.

"그런데 술집을 보니까 손님들이 술도 가져다 마시고 설거지도 하네요?"

"뭐, 이 정도는 기본이죠. 가끔은 안주도 해먹으라고 하는 경우가 있어요. 뭐, 그만큼 돈을 안 받기도 하지만 말이죠."

"호호, 재미있어요!"

이 집은 유서가 깊은 만큼 단골손님과 주인장의 유대 또한 상당히 좋은 편이다.

돈에 별 신경을 쓰지 않는 주인장은 귀찮으면 요리고 뭐고 다 내팽개치고 술이나 퍼마시기 때문에 손님들이 셀프로 안주를 해먹곤 했다.

물론 손님들이 안주를 해먹고 나면 돈은 받지 않는 것이 주인장의 철칙이다.

돈이 모자라면 외상도 하고, 먹고 싶은 안주가 있으면 집에서 가지고 와서 모두 함께 나누어 먹기도 했다.

간판도 없고 유명하지도 않지만, 아는 사람은 다 아는 그런 명소가 바로 이곳이었다.

그녀는 화수에게 핸드폰을 건넸다.

"번호 좀 주세요."

"그래도 될까요? 공인이신데."

"아나운서가 무슨 공인인가요? 그러는 그쪽은 군부에서 아주 대스타잖아요?"

"…스타는 아니고 그냥 나부랭이죠."

"호호, 아무튼 번호 좀 주세요. 주말마다 이렇게 소주나 한 잔해요. 요즘 얘기할 상대가 없어서 좀 힘들던 참이거든요."

"뭐, 좋습니다. 저도 주말마다 혼자서 적적하던 참인데, 술 친구나 하죠."

"좋아요!"

소개팅에서 이상형의 여자를 만난 화수는 진도 뺄 생각보다는 그냥 친구로서 진솔한 사이를 유지하고 싶어졌다.

'나도 사람 되었군.'

만약 천하랑의 인격이었다면 어떻게 해서든 그녀를 자빠뜨리고 봤겠지만 지금은 아니었다.

그는 그녀를 조금 더 알아가고 싶을 뿐이다.

"한 잔 더 할까요?"

"좋죠!"

두 사람의 관계도 이 밤과 함께 점점 깊어져 갔다.

제9장
인도네시아의 괴물

　인도네시아 자바 섬으로 야차 부대의 전용기가 날아가고 있다.

　화수는 라영일 박사와 지질학자 박영임 교수, 동물 생태학자 최재경을 데리고 A—11의 세력권 안에 들어가게 될 것이다.

　이번 작전에는 야차 중대 전원이 투입될 것이며, 청와대에서 보낸 화수의 그림자이자 수행 비서 이시은도 함께한다.

　비공식 비서인 이시은은 화수의 수행 비서로 등록되어 있으며 군대의 계급은 중위였다.

　화수는 김예린 대위에게 자바 섬 착륙 지점에 대해 물었다.

"착륙 지점 인근 몬스터의 분포는 어떻게 되어 있나?"

"대공 능력을 가진 지상형 몬스터나 공중형 몬스터는 없는 것으로 보입니다. 하지만 착륙 지점을 지나게 되면 A—11의 세력권을 상징하는 화염 몬스터의 출현이 빈번할 것으로 예상됩니다."

"으음, 그곳까지 가는 것조차 쉽지가 않겠군."

"하지만 인도네시아군과 유엔평화유지군이 어느 정도 길을 닦아두었기 때문에 큰 문제는 없을 겁니다."

"그나마 다행이군."

S—11의 세력권 근처에는 1등급을 초월하는 무 등급의 몬스터들이 득실거리기 때문에 아무리 화수라고 해도 잘못하면 금방 목숨을 잃을 수 있는 위험 지역이었다.

당시에는 특수 잠수복을 입고 심해를 통하여 S—11에 접근했기 때문에 몬스터의 피해를 덜 받았지만 이곳은 하늘이 뻥 뚫린 벌판이다.

언제 어떤 상황이 벌어질지 아무도 모른다는 뜻이다.

화수는 세 명의 박사에게 권총을 한 자루씩 건네주었다.

철컥!

"안전장치가 걸려 있습니다. 필요할 때엔 안전장치를 풀어서 사격하면 됩니다. 물론 사격할 일이 없도록 이 친구들이 당신들을 지켜줄 것이지만 말이죠."

"후우, 긴장되는군요."

박영임과 최재경은 몬스터를 실물로 보는 것이 처음이기 때문에 이곳으로의 잠행 자체가 상당히 부담으로 다가올 것이다.

그러나 인간의 학습 욕구와 명예욕이 그녀들을 이곳으로 불러들여 목숨을 걸도록 만들었다.

최재경은 자신의 논문에 몬스터의 행동 양식을 담을 수 있게 되었다며 설레는 가슴을 감추지 못했다.

"그나저나 흥미로운 광경이 펼쳐지겠군요. 미지의 생명체라… 이것이야말로 학자로서 제가 꿈꾸는 이상이라고 할 수 있지요."

"그렇군요. 그 이상, 깨지지 않았으면 좋겠습니다."

일반인들은 백이면 백 몬스터를 실제로 보면 자지러지거나 놀라서 졸도하는 경우가 태반이다.

아마 그녀들의 경우도 많이 다르지는 않을 것이라고 생각하는 화수이다.

잠시 후, 몬스터들의 자생 환경이 비행기 아래로 모습을 드러냈다.

고오오오!

지금 자바 섬은 활화산이 아주 빠른 속도로 분화하고 있기 때문에 주변이 온통 유황 천지였다.

단 1미터 앞을 바라볼 수 없을 정도로 시계가 흐린 이곳에서 과연 어떻게 탐사를 벌일 것인지 고민이 되는 야차 중대이다.

"이 정도로 몬스터들의 영향력이 강한 줄은 미처 몰랐습니다."

"항상 그렇지 않나? 보고서에 나온 것과 현장은 달라."

지질학자 박영임 교수는 이런 자바 섬의 분화가 불의 고리를 활성화시킬 것이라고 주장했다.

그녀가 이곳까지 파견된 이유는 자바 섬의 분화가 조산 지대를 자극하여 지진을 일으키거나 연쇄 분화를 일으킬 것을 걱정했기 때문이다.

"그래요. 확실히 불의 고리를 자극할 정도의 현상입니다. 대비책을 강구하지 않으면 안 되겠어요."

"이것이 몬스터의 영향력 때문인데도 그렇습니까?"

"몬스터의 영향력이 어떤 현상을 빚는지는 알 수 없습니다만, 확실한 것은 이 분화구가 지금 정점을 찍고 있다는 것입니다."

"으음⋯⋯."

"더 큰 인명 피해가 나지 않도록 조치를 취하는 수밖에 없어요."

잠시 후, 유황 지대에서 유일하게 분화가 되지 않는 지역으로 비행기가 착륙했다.

휘이이잉!

바람을 타고 흩날리는 유황 가루가 벌써부터 비행기의 유리창을 가린다.

"쿨럭쿨럭!"

"방독면을 써요. 가스를 제대로 마시면 숨을 쉴 수 없을 겁니다."

"후우, 후우."

가히 화생방 실습을 방불케 하는 이곳은 시계가 불안해서 GPS 장치로 일일이 지형을 확인하는 수밖에 없었다.

하지만 그럼에도 불구하고 이곳을 종횡무진 누비는 사람들이 있었다.

끼릭, 끼릭.

수레를 끌고 자바 섬 분화 지역을 누비는 사람들은 다름 아닌 유황 광부들이었다.

그들은 고산지대에 위치한 분화구에서 유황을 채취하던 광부들인데, 지금은 이곳에서 손쉽게 일할 수 있다는 정보를 듣고 수레를 끌고 다니면서 작업을 하고 있는 것이다.

"이봐요, 이곳에서 일하면 죽을 수도 있어요."

"알아요. 하지만 이곳에서 일하지 않아도 어차피 굶어 죽습니다."

"······."

몬스터들의 횡포로 인하여 돈을 버는 사람들은 많지만 그
것은 몬스터로 인하여 생계가 곤란해진 사람들에 비하면 턱없
이 적었다.

이제 제법 정치 체계가 안정되어 가는 시기에 접어들었다
곤 하지만 여전히 생계가 어려운 사람들은 지천에 널리고 깔
려 있었다.

화수는 수레에 박혀 있는 로고를 바라보았다.

[화이나 산업]

"역시."

화이나 산업은 일본과 한국 등지에 기반을 둔 글로벌 기업
으로, 몬스터 부산물을 취급할 수 있는 계열사를 가지고 있
었다.

그들은 악랄한 회사 운영으로 유명한데, 자바 섬에서 유황
을 채취하는 광부들을 착취하다가 적발되어 유엔의 경고를
받기도 했다.

화이나 산업은 광부들에게 유황을 가지고 오면 값을 더 쳐
준다고 유혹하여 이 일을 지속시키고 있는 것이 분명했다.

화수는 하루빨리 몬스터의 창궐로 황폐해진 이 땅이 안정
을 되찾았으면 좋겠다고 생각했다.

'차라리 몬스터를 사냥해서 먹고사는 편이 나아. 어서 빨리

토벌단을 꾸리는 수밖엔 없다.'

아시아 전 지역이 동참하지 않으면 몬스터의 세력권 고착은 있으나마나 한 정책이 될 것이다.

화수는 자신이 조금 더 부지런히 움직이는 수밖에 없다는 것을 절감했다.

"자자, 어서 움직입시다. 유황에 오래 노출되면 건강에 좋지 않아요."

"쿨럭쿨럭! 그래요. 어서 움직이자고요."

이곳에서부터 대략 10분간 이동하면 2차 집결지가 있는데, 그곳에는 유엔군의 전차 부대 전진기지가 위치해 있다.

아마 그곳에서 장갑차를 얻어 탈 수 있다면 관측 지역까진 그리 오래 걸리지 않을 것이다.

일행은 서둘러 발걸음을 옮겼다.

＊　　　＊　　　＊

유엔군 전차 부대에서 최신형 장갑차를 지원받은 화수는 GPS 장치와 적외선센서를 이용하여 관측지로 향하는 중이다.

끼릭, 끼릭.

바닥에 붙어 있는 안전선을 따라서 움직이던 장갑차가 이내 관측 지역 바로 앞에서 멈추어 섰다.

"무슨 일인가?"

"전방에 초고위험 경보가 발령되었습니다."

"초고위험 경보라면……."

"아무래도 바로 앞에 마그마가 분출되고 있는 것 같습니다."

"마, 마그마요?!"

학자들은 아연실색했지만, 군인들은 그리 걱정하지 않는 모양새다.

"걱정하지 마세요. 바닥에 붙은 안전선은 불에 타지 않습니다."

"마, 마그마인데요?"

"마그마를 품고 있는 놈들의 가죽을 벗겨서 만들었으니 불에 탈 리가 없잖습니까?"

"아아!"

문명을 파괴시킨 주범이 또 다른 문명의 혜택을 준다는 것은 참으로 아이러니한 일이다.

하지만 그것을 딛고 일어서 다시 살아가야 하는 것 또한 인간의 운명이다.

푸슈우우우!

[경보, 경보! 안전선을 이탈하지 마십시오!]

마그마가 바로 옆을 스치고 지나가는데도 화수는 여전히

망원경으로 전방을 살피고 있었다.

스스스스스!

투시 능력으로 전방을 살펴보니 마그마가 흐르는 안전지대 바깥으로 엄청난 양의 몬스터가 자리 잡고 있었다.

아무래도 이곳이 바로 세력권의 중심부인 것 같았다.

"거의 다 온 모양이군요."

"이제 몬스터의 패턴을 파악하고 초음파를 쏘겠습니다."

유엔에서 제공한 몬스터의 패턴 추적기와 초음파 레이더는 이곳에 과연 어떤 패턴으로 놈이 자리 잡고 있는지, 또한 얼마나 깊은 동면에 들어가 있는지 파악하게 해줄 것이다.

삐빅, 삐빅.

패턴 추적기에서 쏜 감마선이 되돌아오면서 모니터에 패턴을 그리기 시작했다.

위이이이잉.

"긴 곡선이군요. 동면 기간이 맞습니다."

"초음파 레이더에선 뭐라고 나옵니까?"

"이 섬을 완벽하게 장악했습니다. 지금 놈의 몸집이 점점 커짐에 따라 그 세력권도 넓어지는군요. 하지만 아마 지금이 과도기이거나 한계인 것 같습니다. 더 이상 커질 조짐은 없어요."

"흐음, 다행이군요."

"아무래도 S—11과의 대립 관계가 이러한 현상을 빚은 것 같습니다."

화수가 처음 S—11과 대면했을 때엔 지금과 같은 패턴이 아니라 정반대의 양상을 보이고 있었다.

최근 S—11에 대한 보고서에서도 현재 A—11과 같은 패턴을 보인다고 했으니 라영일의 주장이 옳은 셈이었다.

이번에 화수는 동물 행동 학자 최재경에게 물었다.

"최 박사님이 보시기엔 이곳의 양상이 야생동물과 비슷해 보이는 것 같습니까?"

"비슷해요. 하지만 이러한 양상은 인간에게서도 찾아볼 수 있죠. 세력권 형성으로 인한 대립은 그 어디에나 존재해요. 다만, 이들이 서로의 세력을 침범했을 때 전쟁이 벌어지는지 아닌지가 중요하죠."

"만약 전쟁이 벌어지면……."

"끔찍한 양상이 펼쳐지겠지요."

고래 싸움에 새우 등 터지는 꼴은 지금까지 단 한 번도 없었기 때문에 과연 어떤 식으로 국토가 황폐화될지는 미지수다.

화수는 이것을 토대로 보고서를 작성하기로 했다.

"갑시다. 이제는 우리가 더 할 수 있는 일이 없을 것 같군요."

"네, 그럼."

바로 그때였다.

삐이이이이이!

"으윽!"

"이, 이게 무슨 소리죠?!"

고막을 찢는 듯한 소리가 들려오면서 화수의 뇌리로 마치 점자 같은 것들이 지나갔다.

순간, 화수는 데자뷰를 경험했다.

'텔레파시?!'

이것은 분명 S—11이 화수에게 보낸 것과 같은 방법의 텔레파시였다.

화수는 마치 무언가에 홀린 사람처럼 차량의 문을 열고 밖으로 나갔다.

치이이이익!

"대, 대장님!"

"쉿! 가만히."

화수는 차량 지붕으로 올라가 자신과 꽤 멀리 떨어져 있는 A—11에게로 초음파를 쏘아 보냈다.

스스스스!

그러자 놀랍게도 A—11에게서 곡선 형태의 초음파가 쏘아져 왔다.

우웅, 우우우우웅!

그것은 화수의 뇌리를 파고들어 몇 가지 문자를 또렷하게 각인시켰다. 그리고 그의 등에 한 줄기 빛을 일으켰다.

우우우웅!

"크윽!"

이윽고 놈은 다시 텔레파시를 거두었고, 더 이상 귀를 찢는 듯한 고음도 들리지 않았다.

화수는 다시 차 안으로 들어왔다.

"허억, 허억!"

"무슨 일이십니까? 어디 안 좋은 곳이라도……?"

"페, 펜, 펜과 종이를 좀 줘."

"예, 예!"

강하나의 배낭에서 연습장과 펜을 꺼낸 화수는 놈이 뇌리에 각인시킨 문자들을 차례대로 나열하기 시작했다.

슥슥슥슥!

문자들의 숫자는 대략 55개, 이것들이 과연 무엇을 의미하는지는 도무지 알 길이 없었다.

"이게 도대체 뭘까?"

"뭡니까, 이게?"

"놈이 나에게 텔레파시를 보냈어."

"……!"

"이런 문자를 각인시키더군. 그때와 비슷하지만 좀 달라. 그때의 문자들은 조금 더 간단하고 부드러웠거든."

"비유하자면 물과 불의 느낌이라고 할까요?"

"그래, 바로 그런 느낌이군."

라영일은 화수가 적어놓은 문자를 해석할 수 있을 것이라고 단언했다.

"제레에 이러한 문자를 연구하는 사람이 있었어요."

"문자를 연구해요?"

"고대의 언어라고 하던데, 자세한 것은 나도 잘 모릅니다. 그를 찾아보면 자세한 얘기를 들을 수 있겠죠."

"좋습니다. 지금 그와 접선이 가능할까요?"

"으음, 어렵지는 않습니다. 다만 그 사람이 말문을 열지가 의문이군요."

"그거야 가서 부딪쳐 보면 알겠죠."

"그래요. 그럼 저와 함께 제주도로 갑시다."

화수는 차를 돌려 자바 섬 관측 지역에서 내려왔다.

*   *   *

자바 섬 탐사를 끝낸 후 화수는 김예린에게 보고서 작성을 맡겨놓고 제주도로 향했다.

제주도 탐라 대학에서 고대 언어학을 연구하고 있다는 마이클 듀란트는 얼마 전까지 제례 연구소의 수석 연구원으로서 재직했다.

하지만 제례가 변절하고 난 후 염증을 느끼고 조직을 나와 이곳의 교환교수로 오게 된 것이다.

화수는 오늘도 도서관 한구석에 처박혀 있는 마이클 듀란트에게 악수를 청했다.

"반갑습니다. 강화수 소령입니다."

"······."

그는 흔히 얘기하는 은둔형 외톨이로서, 사람과 얘기하는 것을 극도로 꺼리는 인물이었다.

그나마 얘기를 꺼내놓는 라영일이 그를 어르고 달랬다.

"어이, 사람이 왔는데 얘기 좀 하지?"

"…무슨 얘기?"

"몬스터에게서 전음을 들었대."

순간, 그가 자리를 박차고 일어섰다.

"테, 텔레파시?! 텔레파시를 받았습니까?!"

"네, 그렇습니다."

"오오! 그런 진귀한 현상이 또 일어날 줄이야!"

그는 황급히 화수를 데리고 도서관 깊숙한 곳에 있는 밀실로 들어갔다.

삐비비비빅!

철컹!

"혹시 이 사실을 누구에게 알렸습니까?!"

"탐사대원들이 알고 있습니다."

"이런, 그들에게 입조심은 시키셨겠지요?"

"탐사에 관한 사실은 외부로 발설하지 않는 것이 원칙입니다. 만약 부대장인 제 승인 없이 발설했다간 국정원의 감사를 받게 됩니다."

"그럼 다행이군요!"

라영일은 마이클 듀란트가 이렇게 빠르게 말하는 것을 처음 보았다.

그는 실소를 흘렸다.

"이렇게 말이 빠른 사람이었던가?"

"피, 필요에 따라선 말을 빠르게 할 줄도 알아야지."

마이클은 화수에게 자신이 해석한 12개의 문자표를 보여주었다.

문자표에는 상형문자들이 차례대로 나열되어 있었는데, 이것은 문자 하나하나가 고유의 뜻을 가지고 있으면서도 조합이 가능하도록 되어 있었다.

"첫 번째 문자는 강력한, 위대한이라는 뜻이 있지만 알파벳 a로 사용됩니다. 그리고 두 번째 알파벳은 견고한, 꼼꼼한, 뭐 이런 뜻이 담겨 있는데, 이것은 알파벳 b로 사용됩니다."

"으음, 그러니까 문자에 뜻이 있고 그것을 독음으로 사용하여 조합이 가능하다는 뜻이군요."

"그렇습니다."

"흥미로운 체계군요."

"아무튼 이 문자들을 조합하면 일정한 뜻이 완성되는데, 아직까지 발견되지 않은 문자들이 훨씬 더 많습니다."

화수는 그에게 55개의 문자를 보여주며 물었다.

"그렇다면 이 문자들이 발견되지 않은 나머지 그것들일까요?"

"글쎄요, 이제부터 알아봐야 하겠지요."

마이클은 자신이 어떻게 하여 이런 문자들의 뜻을 해석할 수 있게 되었는지 설명했다.

"처음 제례에서 S—11의 텔레파시를 받은 사람은 바로 접니다."

"…텔레파시를 받아요? 그곳은 민간인의 출입이 통제되어 있습니다만?"

"일반인의 출입은 통제되어 있지요. 하지만 저는 한때 유엔에서 일했습니다."

"아아, 그렇군요."

"아무튼 그곳으로 들어가 S—11의 메시지를 받고 이러한 문자들이 과연 어디에서 온 것인지 알아보았습니다."

"어디서 온 문자들입니까?"

"유엔에서 S—11에 대해 조사하다가 1만 년 전의 유적에서 비슷하게 생긴 벽화를 발견했습니다. 그 벽화에서 제가 본 것과 비슷한 문자들이 발견되었지요."

"으음, 1만 년 전의 유적이라……."

"일부 학자들은 이것이 사라진 아틀란티스 문명의 것이라고 생각하고 있습니다만, 워낙 의견이 분분해서 정확한 것은 알 수가 없습니다. 다만 이들이 저와 같은 문자를 사용하고 있었다는 사실은 분명합니다."

"그렇다면 S—11과 A—11은 1만 년 전의 문자를 사용하고 있다는 뜻인가요?"

"그럴 가능성이 높지요."

"흠."

"물론 이것은 저의 추론일 뿐입니다. 벽화에 나온 그림들을 나름대로 해석하고 문자를 끼워 맞춰 12개의 알파벳을 완성한 것뿐이지요. 저의 연구가 확실하지는 않다는 소리입니다."

"그래도 이 정도까지 연구한 사람은 당신이 처음 아닙니까?"

"처음이긴 해도 이것이 사실이 될 수는 없습니다. 아직까지 검증된 것이 하나도 없으니 말입니다."

화수는 문자의 기원이 어떻게 되었든 간에 자신이 본 이 55개의 문자를 해석하는 것이 더 중요하다고 판단했다.

"자, 그럼 한번 해석을 해봅시다."

"그럴까요?"

복잡한 퍼즐을 끼워 넣듯 화수는 55개의 문자 중에서 12개의 알파벳과 일치하는 것이 있는지 찾아보았다.

하지만 55개의 문자 중에는 12개의 알파벳을 포함하거나 없는 문자를 포함하는 글이 많았다.

"이래선 무슨 뜻인지 해석할 수가 없겠는데요?"

"아니요, 단어 하나가 매치됩니다."

"그런가요?"

"알파벳처럼 확실히 독음을 해석한 것은 아니지만, 무언가를 연결한다는 뜻의 문자와 인간을 뜻하는 문자가 보입니다."

그는 미완성 파일에서 알파벳 이외의 문자 다섯 개를 화수에게 공개해 주었다.

가시와 가시를 끈으로 묶는 듯한 그림과 성냥개비처럼 생긴 문자가 화수의 눈에 들어왔다.

"이 두 개의 문자가 서로 붙어 있다는 것은 무언가와 인간을 연결한다는 뜻이 아니겠습니까?"

"도대체 뭘 연결한단 말입니까?"

"그러게 말이죠."

마이클은 자신이 이 문자들을 연구할 수 있도록 허락을 구했다.

"비밀리에 제가 이 자료들을 조사할 수 있도록 해주십시오."

"그건 오히려 제가 부탁하고 싶군요."

"감사합니다. 만약 제가 뭔가 건지게 된다면 가장 먼저 당신께 알려드리겠습니다."

"고맙습니다."

화수는 S—11과 A—11의 차이점을 명확히 알 수 있었다.

S—11은 상당히 부드럽지만 차가우며 공격적이고, A—11은 강렬하지만 방어적인 느낌이 강했다.

'놈이 과연 나에게 뭘 말하고 싶었던 것일까?'

어쩐지 미지의 세계에 발을 들인 것 같은 느낌이 드는 화수다.

제10장
나쁜 놈이 판치는 세상

　한차례 빗방울이 몰아치는 아침, 세상은 물 폭탄을 맞은 듯하다.

　쇠이이아!

　몬스터가 세상을 장악한 지 어언 15년, 이제 생태계는 제멋대로 바뀌어 연간 강수량이 무려 다섯 배나 증가해 있었다.

　지구의 물이 부족하다는 것은 예전부터 심각한 문제로 지적되고 있었으나, 이렇게 매번 물 폭탄을 맞는다면 얘기는 달라진다.

　가뜩이나 한 번 폭등한 곡물값이 내려가지 않아 가공식품

만이 식탁에 오르는 지금을 생각하면 물 폭탄은 거의 재앙이
나 다름없었다.

그러나 만약 예전처럼 댐과 둑, 보를 다시 재건할 수 있다
면 인간의 삶은 한결 더 풍요로워질 것이 분명했다.

이른 아침, 청와대에서 대통령 성명으로 긴급 속보가 전달
되었다.

공영방송은 대통령이 보낸 전문을 국민들에게 읽어 내려간
다.

—오늘 오전 여덟 시, 청와대에서 보낸 전문입니다. 2016년
8월 5일부로 전 군에 전투태세를 명령하고 보병의 1/2을 몬스
터 토벌전에 투입시킨다. 유엔군과 한국 우방국들의 협력 태
세하에 전 국토를 수복하고 자주국방을 수호할 것이며, 국민
들의 터전을 다시 되찾을 것이다. 북한군의 견제는 미군, 일본
군, 인도군 네 개 함대가 협력하여 시행할 것이며, 만약 인민
군이 토벌전을 계기로 도발하게 된다면 즉각 전면전이 발발하
게 될 것을 선포한다. 이상 청와대에서 보내드렸습니다.

짧다면 짧을 수도 있고 길다면 길 수도 있는 이 전문이 퍼
지고 난 후, 각 신문사들은 이 사실을 대서특필하고 인터넷에
게재하였다.

오후 2시, 청와대의 성명으로 인해 국방부가 보병 30만을 동, 서, 남해안에 배치하고 대대적인 토벌전을 시작하였다.

우선적으로 그들이 점령하게 될 곳은 옛 원전이 위치하고 있던 지역이며, 그 이후부터는 바닷가를 따라서 진군하며 해안가를 점령하게 될 것이다.

부아아앙!

각 시, 군, 구에 주둔하고 있던 병사들이 수송용 차량에 탑승하여 합동 참모부가 지정한 지역으로 빠르게 이동하고 있다.

국민들은 도대체 이게 무슨 일인가 싶다.

"아니, 갑자기 일이 이렇게 진행되어도 되는 건가?"

"아무래도 대통령이 참다 참다 터진 것 아니겠나?"

"국회의 반발은?"

"몬스터의 토벌전은 엄연히 말해서 국방부와 청와대의 관할이니 국회가 참견할 바는 아니지."

"그렇다고 해도 후폭풍이 분명 대통령을 건드리게 될 텐데?"

"뭐, 그거야 대통령이 알아서 할 일이고."

바로 그때, 보병 행렬 뒤로 시민 단체로 보이는 인파가 모여들기 시작했다.

─한반도를 불바다로 만들 셈이냐?! 병력 이동, 즉시 중단하라! 중단하라!

"중단하라! 중단하라!"

주민들은 뜬금없이 조성된 이 많은 인파 역시 이해할 수 없었다.

"뭐, 뭐야? 이 사람들은 또 뭐야?"

"불과 몇 시간 만에 이 엄청난 사람들이 모였다고?"

"도대체 뭐가 어떻게 돌아가고 있는지 모르겠군."

시민들은 정말이지 뭐가 어떻게 된 일인지 모르겠다는 표정으로 일관하고 있었다.

그런 가운데 시민 단체로 보이는 인파에게로 경찰 병력이 다가왔다.

부아아아앙!

끼익!

─미신고 시위는 불법입니다! 어서 돌아가세요!

"홍! 아주 지랄을 하고 자빠졌네! 어이, 무식쟁이들! 이런 식으로 무작정 병력을 동원하면 어쩌자는 거야?!"

─다시 한 번 말합니다! 미신고 시위는 불법입니다! 돌아가세요!

"안 되겠네, 저 새끼들. 밀어버려!"

"와아아아아아아아!"

급기야 무력시위로 번진 시민 단체의 운집은 보병 행렬에게 돌을 집어 던지거나 오물을 투척해서라도 그들을 막아서고 있었다.

경찰은 보병들의 행렬을 보호하면서 무력으로 그들을 밀어냈다.

—자꾸 이러시면 우리도 어쩔 수 없습니다! 1번 차, 물대포로 밀어버려!

솨아아아아아아!

"으으으윽!"

"저 개새끼들 좀 보게! 다들 쇠파이프 들어!"

"와아아아!"

몬스터와 전쟁을 벌이러 가는 도중에 일어난 경찰과 시민 단체의 대립은 유혈 사태로까지 번질 것으로 보였다.

하지만 군대는 멈추지 않고 자신만의 갈 길을 계속해서 걸어갔다.

*   *   *

오후 5시, 청와대로 여당 대표 기시현이 찾아왔다.

쾅!

"…정말 이러실 겁니까?!"

"뭘 말입니까?"

"아무리 국방부 직속 작전이라고 해도 국회를 통해서 정식으로 토벌전을 진행했어야 하는 것 아닙니까?! 이건 쿠데타란 말입니다!"

"쿠데타?"

한명희는 기시현의 멱살을 틀어쥐었다.

꽈드드득!

"이, 이게 뭐 하는 짓입니까?"

"지금 나에게 쿠데타를 운운하다니, 기시현 대표가 감을 잃은 모양이군요."

"……"

"당신을 그 자리에 올려준 사람이 누구인데 나에게 쿠데타라는 단어를 꺼내는 겁니까?"

기시현은 자신의 멱살을 쥔 한명희의 손을 강하게 뿌리쳤다.

"이것 좀 놓으시죠. 이젠 예전의 기시현이 아니란 말입니다."

"…뭐요?"

"언제까지 당신 밑이나 닦던 내가 아니란 소리입니다."

기시현은 딱딱하게 굳은 얼굴로 물었다.

"듣자 하니 몬스터의 사체 처리권까지 강화수인지 뭔지에게 일임했다고 하던데, 도대체 뒷감당을 어떻게 하시려는 겁니까?"

"나는 옳은 일을 했을 뿐입니다. 나머지는 국민이 알아서 판단하겠지요."

"아직까지 그런 뜨뜻미지근한 말을 믿는단 말입니까? 국민들 혈세 빨아가면서 정치하던 때가 엊그제인데 이제 와서 그들을 생각하겠단 말인가요? 거참, 웃기지도 않는군요."

"사람은 한 번쯤 개과천선의 기회를 얻게 됩니다. 나는 대통령으로서 내가 국회의원 시절에 저지른 과오를 갚으며 살아가고 있는 겁니다. 당신도 몰매 맞기 전에 정신 차리시는 것이 좋을 텐데요?"

"과오 같은 소리 하고 있군요."

"…뭐요?"

그는 한명희에게 최후통첩을 했다.

"이틀 드리지요. 그 안에 이 사안을 처리하지 않으면 당신은 탄핵될 겁니다. 집권 여당의 대표로서 말씀드리는 겁니다."

"…탄핵?"

"당신 같은 지주는 필요 없습니다. 우리 정도의 세력이면 새로운 대통령을 만들고도 남습니다. 당신이 그랬던 것처럼 말입니다."

"……"

"자, 나는 그럼 최후통첩을 했습니다. 이틀 후에 다시 뵙도록 하죠."

기시현이 청와대를 나서고 난 후 비서실장 안영진이 한명희의 앞으로 다가왔다.

"어떻게 할 생각이십니까?"

"…강화수 소령은 지금 어떻게 하고 있습니까?"

안영진은 한명희의 동문서답을 아주 성실하게 받았다.

"전국에 있는 보병 부대로 몬스터 시신 수습용 트럭을 보내고 전문 인력을 투입하고 있답니다."

"그 많은 전문 인력을 도대체 어디서 모았답니까?"

"동대문에 잘 아는 인력소가 있답니다."

"인력소요?"

"자세한 것은 저도 잘 모릅니다."

한명희는 애써 미소를 지었다.

"그가 잘 알아서 해주겠지요."

"강화수 소령은 걱정하지 마십시오. 워낙 그쪽으론 빠삭한 사람이니 알아서 잘할 겁니다."

"그래요. 그래서 내가 그에게 이 일을 맡긴 겁니다."

한명희는 앞으로 화수에게 닥칠 대기업들의 압박이나 암투를 과연 어떻게 해결할지 걱정이 앞섰다. 하지만 화수는 아주 강인한 사람이었다.

"이제 정치적으로 저놈들을 어떻게 요리할지 궁리를 좀 해 봐야겠군요."

"그러시지요."

"군은 지금 어디까지 진군했습니까?"

"1차 점령지인 원전 근처까지 갔습니다. 아마 내일쯤이면 물자가 보급되어 원전을 수복하고 수력발전소로 진격할 겁니다."

"좋군요."

"아무래도 강화수 소령이 주장한 세력권 위축과 소백산 몬스터 토벌이 큰 역할을 한 것 같습니다."

"으음, 그런가요?"

이내 한명희의 표정이 밝아졌다.

"다음 스케줄이 어떻게 됩니까?"

"기자회견이 있습니다."

"갑시다."

그는 덤덤한 표정으로 기자회견장으로 향했다.

*   *   *

대한민국 재계 순위 1위에 빛나는 안성 그룹으로 열 명의 오너가 모여들었다.

안성 그룹의 오너 장태수에게 오너들이 채근하듯이 물었다.

"정부가 미쳐서 돌아가더니 군부가 아주 맛이 갔군요. 이젠 어쩝니까? 사체를 건드릴 권한 자체가 없어졌는데요."

"지금 그 애송이 자식이 토벌대에게 트럭을 보내고 어디선가 전문 인력을 대량으로 구해서 속속들이 투입하고 있답니다. 가만히 좌시할 상황이 아닌 것 같군요."

"일단 저희들이 인부를 고용해서 보병들의 진로를 자꾸 건드리고 있습니다만, 경찰들이 가만있지 않는군요. 더 이상 막는 것은 불가능합니다. 뭔가 대책을 내려주시지요."

묵묵부답으로 일관하던 장태수가 입을 열었다.

"…가만히 내버려 둘 수는 없지요."

"뭔가 좋은 수가 있는 겁니까?"

"물건을 찍어내도 팔 수 없으면 말짱 도루묵 아닙니까?"

"판매를 할 수 없도록 만들자는 소리입니까?"

"잘 생각해 보세요. 지금 몬스터 부산물이 어떻게 판매되고 있습니까?"

"우리의 하청 업체들을 통해서 이뤄지고 있지요."

"몬스터의 부산물, 그러니까 제2 신물질이 판매되는 경로는 우리가 틀어쥐고 있습니다. 그 이유가 무엇이냐? 몬스터의 사체가 뿜어내는 독성 물질을 다루는 일은 일반인이 아니라 전문가가 도맡아서 해야 한다는 법규가 제정되어 있기 때문이지요. 한 번 제정된 법은 바꾸기 힘듭니다."

"아아, 그러니까 소매상들을 통제해서 판로를 막아버린다는 소리군요?"

"판로를 막아버리고 안 되면 담합을 해서라고 막으면 됩니다. 우리 각하께서 새로운 젊은 피에게 어떤 것을 기대하고 있는지 잘 알고 있습니다만, 그것이 자충수가 될 수 있다는 것을 모르는 모양이지요."

지금까지 장태수가 이렇게 천하태평이던 것은 자신들이 소매상 연합을 모두 발아래에 두고 있기 때문이었다.

그는 슬그머니 미소를 지었다.

"아마 군부가 뼈가 빠져라 사냥한 사체 판매할 수도, 그렇다고 제값 주고 팔 수도 없을 때가 되면 깨닫겠지요. 이미 주도권은 빼앗긴 이후라는 것을요."

"과연……!"

"우리에겐 열 개의 소매상 연합이 있습니다. 이들을 통제하는 실질적인 세력권은 우리에게 있지요. 그들을 잘 아우르는 것이 급선무입니다. 제가 무슨 말을 하는지 다들 잘 아시리라 믿습니다."

"물론입니다."

이제 할 말을 다 마친 그가 자리에서 일어섰다.

"다들 나가시죠. 술이라도 한잔해야 하지 않겠습니까?"

"하하, 그러시지요."

그는 비서실장에게 한 가지 지시를 내렸다.

"지금 당장 소매상 연합 총장들을 다 불러들여. 최대한 신속하게 움직일 수 있도록."

"예, 알겠습니다."

비서실장은 전화를 들어 여러 군데로 연락을 돌리기 시작했다.

*　　　*　　　*

늦은 밤, 서울 강남의 지하에서 초호화 술판이 벌어졌다.

쿵, 쿵, 짝짝!

"어얼쑤, 좋다!"

"오호호, 한 잔 받으세요!"

"그래, 그래!"

강남의 지하에는 제1 신도시인 '강하신도시'가 이미 번성하여 상권을 구축하고 있었다.

대한민국 재화가 모두 집중되어 있던 강남이 붕괴하면서 지하로 거의 모든 상권이 모여들었는데, 이곳은 그중에서도 가장 큰 가치를 가지고 있었다.

처음엔 하나둘 본거지를 옮겨서 상가를 구축하던 것이 이제는 강력한 상권으로 자리 잡아 신도시까지 들어서게 된 것이다.

한강을 통하여 들이닥친 몬스터들이 강남의 상권을 파괴하였고, 상인들은 피눈물을 머금고 지하로 몸을 숨겼다.

지금은 그나마 거의 90% 가까이 도심을 수복하였으나 한 번 상실된 상권이 원상 복구되는 데엔 한계가 있었다.

물론 예년의 80%에 이르는 상권이 회복되었지만 상위 1%의 상권은 지하로 자리를 옮겨 또 다른 상권을 형성한 것이다.

지하철에서 한 단계 아래로 파고들어 간 강하신도시에는 옛 명동과 압구정 등의 번화가와는 비교할 수 없는 화려함으로 물들어 있었다.

안성그룹의 오너 장태수는 강하신도시의 상권 지분 10%를 가지고 있었는데, 나머지 열 명의 대기업 오너들이 가진 지분을 제외하면 그의 땅을 밟지 않고선 지나가지 못한다고 해도 과언이 아니었다.

강하신도시의 초호화 클럽 '묵련'에서는 옛 기생들의 복색과 정취를 그대로 살린 파티가 매번 열린다.

오늘도 역시 장태수의 재력에 걸맞은 미녀들이 묵련의 술판을 가득 채우고 있었다.

거대한 잔칫상 앞에 앉은 열 명의 오너가 미녀들의 가슴을 주무르며 술판을 벌이고 있는 가운데 마담이 들어섰다.

"회장님, 손님이 오셨습니다."

"열 명 다 왔나?"

"예, 그렇습니다."

"안으로 들여."

"예."

잠시 후, 열 명의 소매상 조합장이 들어와 고개를 꾸벅 숙였다.

"좀 늦었습니다. 죄송합니다."

"아니, 아닐세. 다들 앉지."

"예, 회장님!"

장태수의 손짓 한 번에 20명의 미녀가 들어와 조합장들 곁에 자리를 잡고 앉았다.

그는 자리에서 일어나 조합장들에게 술을 한 잔씩 돌렸다.

"한 잔 받지."

"가, 감사합니다!"

"너무 딱딱하게 굴지는 말라고. 우리가 어디 그렇게까지 내외하던 사이인가? 안 그래?"

"무, 물론입니다!"

장태수는 15년 전에 잃어버린 땅이 수복되고 난 후 그곳의 상권에 소매상들을 새로운 집권 세력으로 만들었다.

지금 지상의 상권이 팡팡 잘 돌아가고 있는 가운데 소매상 조합장들이 가진 지분이 무려 5%에 달한다.

한마디로 그냥 놀고먹어도 집안에 돈이 쌓여 움직이기 힘들 정도라는 소리였다.

위기를 기회로 만든다는 것이 기업의 슬로건인 안성 그룹은 몬스터가 출몰하고 난 후부터 남들보다 한 발자국 빠르게 움직여 지금의 부를 이룩했다.

소매상들은 그들이 잿더미에서 건져놓은 일부를 나누어 먹으며 무럭무럭 세력을 넓히고 있었던 것이다.

그러니 그들이 영주라면 장태수는 왕, 아니, 황제라는 소리였다.

"다들 장사는 잘되고 있나?"

"물론입니다! 강남은 물론이고 강북, 강동, 강서 등의 상권이 다시 살아나면서 덩달아 부동산도 함께 뛰었습니다. 회장님께서 보살펴 주신 덕분에 대박이 났습니다!"

"하하, 그래, 잘 먹고 잘살고 있다니 다행이군."

한강 주변에 있던 아파트와 상가, 주거 단지가 전부 불에 타 유실된 이후 5년간 도심이 외곽으로 이전되었다.

이 5년 이후 무려 10년이라는 시간을 투자하여 다시 한강을 수복하고 새로운 보금자리를 만들어 지금의 서울이 탄생한 것이다.

그동안 서민들의 생활은 더 궁핍해졌으나 기득권이 신경 쓰는 부분은 아니었다.

장태수는 조합장들에게 이번 몬스터 사체 관리 회사의 이전에 대해서 물었다.

"이번에 생산권이 다른 놈들에게 넘어갔다고 하던데, 어떻게 생각하는가?"

"아무래도 정신이 어떻게 된 것이 아닌가 싶습니다. 그런 애송이에게 무려 15년 동안 이어져 오던 아주 중요한 사업을 맡기다니요. 어불성설입니다."

"나도 그렇게 생각하네. 그렇다면 앞으로 자네들이 어떻게 움직여야 할지 잘 알고 있겠군."

"물론입니다. 실망하시지 않도록 최선을 다하겠습니다."

"그래, 아무쪼록 잘 해주게. 나는 자네들만 믿어."

"예, 회장님! 감사합니다!"

"자자, 한 잔 더 받게."

"영광입니다!"

술잔이 채워지는 만큼 장태수의 얼굴에는 미소가 차오르고 있었다.

*　　　　　*　　　　　*

한국군이 동, 서, 남해를 정복하는 동안 화수의 자운 화학은 빠르게 공장 부지를 매입하고 있었다.

몬스터 시신을 가공하고 그것을 도매상으로 넘기는 작업을 수월하게 만들기 위해서였다.

그는 대전 신탄진 군수 사령부 인근 부지 3만 평과 구 신탄진 공업단지의 생산 시설 열다섯 곳을 헐값에 매입하기로 했다.

현재 대전 구 신탄진 공업단지는 한때 갑천과 금강의 몬스터 창궐로 인하여 피폐해졌다가 수복된 지 얼마 지나지 않은 준 위험지역이었다.

지금 이곳이 준 위험지역으로 지정된 것은 아직 갑천변의 치안이 불안하기 때문이었는데, 이것도 이제 곧 보병의 하천 수복 작전으로 인하여 곧 해결될 것이다.

덕분에 화수는 땅을 싼값에 매입하고 그곳의 치안은 보병 부대에게 맡길 수 있는 기회를 얻게 된 셈이다.

대전의 부동산업자 차태식은 화수에게 예전 가격의 대략 1/10에 해당하는 값으로 부지를 넘길 것을 약속했다.

한때 신탄진 땅 부자로 소문이 자자하던 차태식은 무려 100만 평에 달하는 땅과 20개의 공장 부지를 가지고 있었지만, 지금은 거의 1할도 건지기 힘든 상황에 처해 있었다.

사람이 살지 않는 신탄진 공업단지는 안 그래도 땅값이 떨어지고 있는 마당인데, 이곳에 몬스터까지 창궐하고 나니 거의 바닥을 쳤던 것이다.

차태식은 화수가 어떤 조건을 제시해도 모두 다 들어줄 기세였다.

그는 구 테크노벨리 조성 지역의 땅을 구매하면 건너편 공업단지 1만 평을 무상으로 증여하는 조건을 제시하였다.

"어차피 이 땅을 사는 사람도 없고 언제 팔릴지도 모르니 저는 빨리 손을 떼고 싶군요. 떨이로 처분할 때 사신다면 도움이 될 수도 있습니다."

"그래요. 그건 확실히 그렇군요."

이제 그는 땅보다는 새롭게 지어지는 신도시에 투자하는 것이 낫다고 생각하는 사람으로서 정말로 땅에 전혀 미련이 없는 모양이었다.

"계약은 언제 하실 생각인지요?"

"가능하면 빠른 시일 내에 체결하고 싶습니다."

"좋습니다. 쇠뿔도 단김에 빼랬다고 내일 당장 체결하시죠. 제가 서류 정리는 바로 해드리겠습니다."

"알겠습니다. 그럼 내일까지 계약금 10%를 지불하고 2주일 후에 잔금을 치르는 것으로 하시죠."

"그래요. 편하실 대로 하십시오."

화수는 얼마 전 가칭 레서 드래곤과 이프리트의 사냥으로 인해 건설 회사를 인수하고도 자금이 상당수 남은 상황이었다.

이제 군부에서 사냥한 품목들을 도매상에게 넘기게 되면 공장단지의 매입 가격을 지불하고 설비까지 갖출 수 있을 것이다.

화수는 차태식과 가계약을 하고 대전 둔산동으로 향했다.

자운 화학 둔산동 본사에서는 동대문 뒷골목에서 모은 일용직 몬스터 시신 운반 전문가들이 동, 서, 남으로 흩어질 준비를 서두르고 있었다.

김예린은 운반 기사들에게 각 지역으로 흩어질 수 있도록 행선지가 적힌 유인물을 나누어주었다.

"각 지역에 도착하시면 보급 담당관들이 기다리고 있을 겁니다. 그들에게서 시신을 인도받고 대전까지 오시면 됩니다. 그럼 일당을 지급해 드리겠습니다."

"기한은 얼마나 됩니까?"

"거리에 따라서 다릅니다만, 일반적으론 내일이나 모레쯤 도착해야 할 겁니다."

"빠듯한데요?"

"그래서 일당이 센 겁니다."

"뭐, 좋습니다. 집에서 노는 것보다야 낫죠."

가뭄에 콩 나듯 밀렵꾼들이 잡아놓은 시신을 운반해 주고 돈을 받던 기사들은 꽤나 두둑한 일당을 준다는 말에 천길

마다 않고 대전으로 모여들었다.

이제 그들이 이곳까지 오고 나면 한밑천 제대로 당길 수 있는 기회가 생길 것이다.

부르르르릉!

엄청난 트럭의 행렬이 중부 고속도로 등을 타고 전국으로 흩어졌다.

*   *   *

지금 한국군의 몬스터 대토벌전으로 인해 여야가 상당히 시끄럽게 대립하고 있었으나, 보병 부대는 개의치 않고 진군하는 중이다.

불과 하루 만에 원전 네 개를 수복한 한국군은 이 기세를 몰아 각 지역의 수력발전소와 화력발전소를 수복해 나가고 있었다.

지금까지 발전소는 몬스터와의 뺏고 빼앗기는 각축의 현장이었으나, S―11과 A―11의 세력전으로 인해 인간의 구역이 명확하게 정해지고 있었다.

이이제이, 두 거대 몬스터의 세력 다툼으로 인하여 인간은 드디어 앞으로 나아갈 돌파구를 찾은 셈이다.

한국군은 라영일 박사의 가설대로 S―11의 세력권과 A―11의

세력권 사이에 있는 경계선을 양쪽에서 공략하여 아주 애매하
게 전선을 구축해 나가고 있었다.

합동 참모부는 몬스터의 특성을 파악하고 각 수복 지역의
남북을 양쪽에서 공략하여 효과적인 공격 성과를 올리는 중
이다.

토벌군정 합동 참모부에선 제1군, 2군, 3군으로 나뉜 토벌대
의 전공을 보고받고 있었다.

"충성! 제1군 서부 해안 토벌전에 대한 보고입니다!"

"보고하게."

"서해안 두 개 지역 중요 거점을 모두 장악하고 원전 한 개
와 수력발전소 두 곳을 확보했습니다. 또한 유실되었던 서해안
고속도로 두 개 구간을 확보하였습니다. 이상입니다."

"전과가 좋군."

"감사합니다."

1군 참모장 강성신 준상은 합동 참모무에 정식으로 건의했
다.

"건의 사항이 있습니다."

"말하게."

"서해안고속도로 제5번 지역의 터널 두 곳이 지금 고착 상
태에 놓여 있습니다. 특수전 부대의 투입을 건의하고 싶습니
다."

"5번 지역이라……."

서해안고속도로 5번 지역은 수도권에서 충청 지역으로 진입하는 가장 중요한 거점이지만, 워낙 터널이 길고 고가도로가 많기 때문에 몬스터의 자생이 꽤 두드러진 곳이다.

합동 참모부는 특수전 병력을 5번 지역으로 투입시킬 것을 승인했다.

"서부 해안 최대의 고전 지역이다. 당연히 수복해야지. 이틀 내로 특수전 병력을 구성하여 급파하겠다."

"감사합니다!"

이어서 2군 참모의 보고가 있었다.

"충성! 제2군 남부 해안 토벌전에 대한 보고입니다!"

"보고하게."

"남해안 고속도로의 주요 거점 네 곳과 항구도시 세 곳을 점령하였습니다. 부산, 통영 간 고속도로의 거점 한 곳을 점령하여 보급로를 확보했습니다."

"으음, 좋아."

"다만 남부 해안과 서부 해안, 동부 해안을 잇는 거점을 확보하는 데 어려움이 있을 것으로 보입니다. 그나마 남부 해안의 포대 지원으로 인하여 위와 같은 전과를 올릴 수 있었습니다만, 앞으로 1군과의 합동 작전까지 시일을 당기는 데 무리가 있을 것으로 사료됩니다."

합동 참모부는 남해안 포병력이 지금과 같은 성과를 올렸다는 것을 잘 알고 있었기에 특수전 병력의 진입을 먼저 종용했다.

"남해안은 양쪽 날개로 치고 나가는 데 가장 중요한 거점이다. 그래서 포병력이 절반가량 남으로 내려간 곳이고. 1군과 3군의 퇴로 및 공격 거점 추가 확보에 차질이 생길 수 있으니 특수전 병력을 파병하는 데 주저함은 있을 수 없다."

"감사합니다!"

"삼 일 후 파병이 진행될 것이다."

"예, 알겠습니다!"

이제 마지막으로 얼마 전 본대 제2군으로 편성되어 있던 동해안 토벌군 제3군이 보고할 차례다.

"충성!"

"충성. 보고하게."

"동부해안 토벌전에 대한 보고입니다. 현재 삼척시의 수복 작전 성공으로 인하여 동해대로와 동해안고속도로 1/3을 수복했습니다. 원전 두 곳을 확보하고 항구 네 곳을 확보했습니다만, 대공포대 55개와 포진 100곳에 몬스터의 세력권이 첨예하게 대립하고 있어 공격 거점 마련에 어려움이 있습니다."

"으음, 동부해안 무장공비 침투로 인한 방비가 이럴 때 악재로 작용하는군."

"제3군은 동부해안에 연합군 함대의 포격 지원과 공중 폭격 지원을 요청하는 바입니다."

"그래, 어차피 대북 견제 등을 생각하면 없는 포격 지원도 만들어내야 할 판이지. 당장 연합군정에 연계를 요청하겠네."

"감사합니다!"

잠시 후 합동 참모부 회의실로 한 장교가 들어섰다.

척!

"충성! 참모장님, 잠깐 밖으로 나와 보셔야 할 것 같습니다."

"무슨 일인데 그러나?"

"시민 단체가 또 쳐들어왔습니다. 이번에는 숫자가 꽤 많습니다."

"…또 시작이군."

"쇠파이프와 화염병까지 들고 있어서 말로 끝내기엔 무리가 있다고 생각됩니다."

"경찰에선 뭐라고 하던가?"

"지금 수도권 시위대의 난동으로 인해 이곳까지 병력을 파견할 여력이 안 된답니다."

"…미친놈들, 도대체 이해를 할 수가 없군. 사람이 살아가는 터전을 수복한다는데 뭐가 불만이라는 거지?"

"배후에 여당 세력이 있다고 하던데, 루머가 사실인지도 모르겠습니다."

합동 참모부장은 고개를 내저었다.

"우리는 정치에 대한 사안은 모른다. 시민 단체는 공포탄 사격 등으로 물리치고, 어지간하면 병사들과의 충돌이 없도록 하게."

"예, 알겠습니다."

민간의 재산을 지키는 작전에 훼방이라니, 군대의 분위기가 뒤숭숭했다.

                    *   *   *

늦은 밤, 제2군 남부 해안 중부에 예비군들이 모여 있다.

웅성웅성!

향토방위를 위해 모인 예비군들에게 중부 지역 점령유지군 소령이 마이크를 잡고 말했다.

"예비군들, 이제 각자 총기를 지급하고 밀봉된 탄 박스를 2인당 한 개씩 지급할 것이다. 이것을 가지고 초소 근무 서는 데 아무런 문제가 없도록 유의하기 바란다. 알겠나?"

"예!"

지금까지 향토예비군이 제대로 소집된 적이 한 번도 없던 남부라 그런지 예비군들의 표정이 상당히 딱딱하게 굳어 있다.

하지만 그 와중에도 정신을 못 차리는 사람이 꼭 한 명은 있게 마련이다.

한 예비군이 그새를 못 참고 몰래 숨겨 온 술병을 꺼내 들었다.

"자자, 이게 뭐냐?! 바로 우리 집 뒤뜰에서 키우던 26년근 산양삼이라는 것 아닌가!"

"사, 산양삼?!"

"봐, 실하지? 우리 할아버지가 돌아가시기 전에 캐놓은 걸 술을 담그셨다고 하더군."

"그럼 이게 도합 얼마나 된 술이라는 거야?"

"산양삼이 묵은 시간까지 합치면 한 40년쯤 되는 거지."

"우와, 대단한데?!"

"후후, 어때? 한잔할 텐가?"

아직 20대 청춘인 예비군들에게 술의 유혹은 가히 치명적이라 할 수 있는데, 한참 정력에 관심이 많은 나이에 산삼주는 뿌리칠 수 없는 악마의 손길이었다.

"만약 적발되면……."

"적발되면 집에 가고 좋지, 뭐."

"오오, 그건 그렇군."

몸에 좋은 산삼주가 앞에 있는 것도 그렇지만, 몬스터들이 득실거리던 지역을 방어하고 있자니 모골이 송연하던 예비군들이다.

그들은 자신들도 모르게 산삼주에 이끌려 수통을 하나씩 내밀었다.

"조금씩 마시면 걸리지 않을 거야."

"역시 뭘 좀 아는군. 자자, 한 잔씩들 하자고!"

"…오케이!"

술을 수통에 나누어 담아 마신 청년들은 산삼주 병은 뒷산에 은폐시키고 그 안의 산삼은 각자 한 입씩 먹어서 증거를 인멸시켰다.

이제 그들에게 가까이 가지 않는다면 술을 마셨는지 알아채기 힘들 것이다.

잠시 후, 예비군들에게 각자 지켜야 할 초소가 배정되었다.

"마을에서부터 대략 5km 정도 떨어진 곳에서부터 횡으로 넓게 방어망을 구축한다. 만약 이곳으로 들어오는 생명체가 있다면 냅다 갈겨도 좋다."

"예!"

지역대장이 각자의 소초를 배정해 주자 예비군들은 3인 1개 조로 나누어 초소로 들어갔다.

이제 남부해안에 해병대와 보병 지원 병력이 도착하기 전까지 이곳은 예비군들이 지키게 될 것이다.

생업에 종사하다가 끌려 나온 예비군들은 저마다 불평을

한마디씩 늘어놓았다.

"안 그래도 요즘 폭풍이다 뭐다 날씨가 지랄 같아서 양식장 문을 닫게 생겼는데 무슨 예비군 소집이람?"

"그러게 말이야. 2년 동안 군에서 뺑뺑이 돌았으면 됐지 뭐 빼먹을 것이 더 있다고."

"어쩌겠어. 이게 우리의 인생인데."

방금 전 술을 나누어 마신 세 사람은 우연히도 바로 옆 초소에 자리하여 대화를 할 수 있을 정도로 가까웠다.

그들은 곁에 있는 두 사람에게도 남은 술을 한 잔씩 권했다.

"자자, 한 잔씩들 마셔."

"뭐야? 이거 술 아니야?"

"그럼 술이지 물이겠어? 먹고살기도 힘들어 죽겠는데 술이라도 안 마시면 어쩌겠어?"

"으음, 그건 그렇지."

술은 사람을 부르고 한 잔은 두 잔을 부르게 마련이다.

꿀꺽!

"크흐, 좋다!"

"이럴 때 한잔 안 하면 언제 하겠어? 다들 바빠서 요즘 고향 동기 모임에도 잘 못 나오잖아?"

"그건 그렇지."

"여기서 한잔하고 이따가 쉬는 시간에 마을에 내려가서 한 병 더 사올게. 기왕지사 이렇게 된 김에 얼큰하게 한잔하고 자면 얼마나 좋아?"

"그래, 그게 낫겠군."

예비군도 소집동원령이 내려진 이상, 현역과 같은 신분으로 취급되기 때문에 군법을 위반하면 재판을 받게 되어 있다.

지금과 같은 준전시 상황에서의 군기문란은 즉결처분으로 다스릴 수도 있는 문제였다.

하지만 워낙 인적이 뜸한 마을인지라 사람이 그렇게까지 박하게 굴겠냐 싶어 술을 한잔 걸친 것이다.

산삼주의 강렬하고 향긋한 주향에 넋이 나간 이들은 금방 한 병을 다 비우고 난 후 급기야 마을로 내려가는 만행을 저질렀다.

"자, 가자고! 한잔 더 해야지!"

"그래, 그럼 그럴까?"

하나둘 자리에서 일어나 갈지자로 비틀거리며 마을로 향했다.

"딸꾹!"

"어허, 좋다!"

도수가 꽤나 센 산삼주를 수통째 마셨으니 앞이 빙글빙글 도는 것도 무리는 아닐 것이다.

산비탈을 타고 마을로 내려온 그들은 마을 간이 정류장 매점으로 향했다.

똑똑!

"이모, 문 좀 열어봐요!"

"하암, 이게 누구야? 다들 예비군 소집으로 동원된 것 아니었어?"

"맞아요. 근데 술이 떨어졌지 뭡니까?"

"엥? 그게 무슨 소리야?"

"하하, 잘 아시면서 그런다. 오랜만에 친구들 만나서 술도 한잔하고 넋두리도 좀 하고 뭐 그러는 거지!"

"으음, 하긴 이럴 때 아니면 또 언제 만나겠어?"

매점 주인장은 가게 문을 열고 간단한 안주와 함께 막걸리 한 말을 담아 내놓았다.

쿠웅!

"자, 마셔. 단, 두 시간 내로 마시고 가야 해. 나도 내일 장사를 해야 해서 말이야."

"걱정하지 마세요!"

청년들은 앉은 자리에서 막걸리 한 말을 다 마시고 나서 거의 만취 상태로 산비탈을 올랐다.

*   *   *

늦은 밤, 산중 초소로 발소리가 들린다.

뚜벅뚜벅.

남부 해안 중부지역 제65~68초소에는 이 발소리보다 더 크게 코 고는 소리가 들리고 있다.

"드르렁!"

"흐냐."

무려 10미터 앞에서부터 술 냄새가 진동하는 초소의 풍경은 누가 보아도 작전지역으로 보이지 않았다.

주변에 널브러져 있는 장비와 소총은 군기가 빠지다 못해 옆으로 흘렀다는 것을 증명하고 있었다.

바로 그때, 잠에 빠져 있던 예비군 청년의 곁으로 하늘하늘한 교복을 입은 처녀가 다가와 살포시 누웠다.

"흐음……."

물컹!

청년은 잠결에 뒤척이다가 자신도 모르게 그녀의 가슴을 만졌고, 처녀는 거침없이 옷고름을 풀어 헤치기 시작했다.

그리고 잠시 후, 그녀는 속옷을 찢고 얼굴에 상처를 냈으며 중요 부위에 열상이 나도록 총기에 몸을 비볐다.

스윽, 스윽.

바로 옆에서 무슨 일이 일어나고 있는지도 모르고 예비군들은 평온한 모습으로 잠에 빠져 있었다.

드르렁!

그녀는 잠시 주변을 살피더니 잠에 빠져 있는 예비군 소초를 돌아다니면서 바지를 벗기고 음모를 한올 한올 주워서 자신의 속옷에 갈무리했다.

"흐음, 이걸론 좀 모자란데."

처녀는 가장 술에 만취되어 있는 남자에게 다가갔다

찰싹, 찰싹!

아무리 얼굴을 때려도 정신을 못 차리는 이 남자에겐 그 어떤 일이 벌어져도 눈치채지 못할 것이다.

"좋아."

이제 그녀는 예비군들은 상상도 하지 못할 일을 저지르기 시작했다.

슥슥슥슥!

빠르게 움직이는 손놀림, 대략 5분 후엔 그녀의 옷에 흰색 액체가 튀었다.

그녀는 그 액체를 이용하여 마치 자신이 강간을 당한 것처럼 연출하였다.

"으음, 이 정도면 충분한 것 같아."

국과수에서 나와 조사를 벌인다고 해도 깜빡 속아 넘어갈 강간 현장이 완성된 것이다.

그녀는 이제 지체 없이 비명을 질러댔다.

"꺄아아아아악! 사람 살려!"

"으으음……."

무려 5분 넘게 비명을 질러댄 그녀 때문에 주변 초소와 동대본부에서 무전이 날아들었다.

—치익! 뭐야? 무슨 일이야?

"살려주세요! 꺄아아악!"

아직까지도 정신을 못 차리고 있던 병사들이 부스스 일어났다.

"으음! 뭐, 뭐지?"

"흑흑!"

순간, 청년들은 넝마를 걸친 채 자신들을 바라보고 있는 처녀와 눈이 마주쳤다.

"……?"

"…당신들, 천벌을 받을 거야!"

"뭐요?"

잠시 후, 동대본부에서 차량이 도착했다.

"무슨 일인가? 왜 비명 소리가 들려?"

"흑흑! 아저씨, 살려주세요!"

"…어, 어?!"

얼굴에 난 상처와 넝마가 된 옷가지, 그리고 온몸 곳곳에

묻은 흰색 액체는 지금 이 상황이 무엇을 뜻하는지 잘 알려주고 있었다.

"이런 미친 새끼들을 보았나?! 으윽, 술 냄새! 너희들, 술 처마셨어?!"

"아, 아니요. 그게 아니고……."

"미쳐도 단단히 미쳤군! 술을 처마신 것으로도 모자라 지나가던 처자를 강간해?! 아가씨, 누가 아가씨를 강간했어요?"

"저 사람들 모두요."

"모, 모두?"

"흑흑! 네!"

아홉 명의 예비군은 과연 자신들에게 앞으로 어떤 일이 일어날지 상상조차 하지 못하고 있었다.

*　　　　*　　　　*

다음 날, 남부 해안 중앙지역 예비군 아홉 명은 강간 치상 및 군법 위반 혐의로 체포되어 수도 방위 사령부로 압송되었다.

이번 재판은 예비군 아홉 명이 이제 갓 스무 살이 된 여성을 집단 성폭행하고 상해를 입힌 중범죄를 다루고 있었다.

또한 예비군 소집 당시에 술을 마시고 근무지를 이탈한 죄까지 더해져 사실상 중형을 피하기 힘들 것으로 보였다.

찰칵, 찰칵!

"예비군들, 여기 좀 봐주십시오!"

"……."

"할 말이 있으십니까?"

"저희들은 너무나 억울합니다! 강간을 모의한 적도 없고 강간을 한 적도 없단 말입니다!"

"국과수에서 지금 DNA 대조를 마쳤다고 합니다! 만약 일치 판정이 나오면 어떻게 하실 작정입니까?!"

"어떻게 하고 나발이고 우리는 그냥 술만 마셨다고요! 여자를 잡아다 강간한 적이 없다니까요!"

아홉 명의 예비군이 수도 방위 사령부에서 헌병대 임시 유치장으로 이동하는 가운데 국과수가 도착했다.

기자들은 국과수 연구원들을 향해 우르르 몰려갔다.

"DNA 조사 결과는 어떻게 나왔습니까?!"

"여성의 속옷에서 나온 음모는 전부 피의자들의 것이 맞습니다. 또한 피해 여성의 옷가지와 질 내에 남아 있는 정액 역시 피의자의 것이 맞는 것으로 판독되었습니다."

순간 기자들은 다시 뒤돌아서서 피의자들에게로 달려갔다.

찰칵, 찰칵!

"증거가 나왔습니다! 어떻게 된 겁니까?!"

"이, 이런, 씨발! 나는 모르는 일이라고! 내가 언제 강간을 했어?! 삼자대면하자고! 삼자대면하면 해결될 문제 아니야?!"

그들이 난리를 피우는 장면은 고스란히 카메라에 담겼고, 이 영상은 신속하게 인터넷 게시판과 UCC 사이트를 통하여 전국으로 퍼져 나가기 시작했다.

사건 발생 이틀 후, 국민들은 예비군 아홉 명이 저지른 강간 모의 및 집단 강간 치사 사건을 두고 공분을 일으키고 있었다.

국방부 게시판은 물론이고 청와대, 남부 해안 관리사무처 등의 홈페이지가 마비되어 더 이상 접속이 불가능할 정도였다.

정황상 증거들은 그럴듯해 보이지만 사건은 아직 미심쩍은 부분이 많았고, 더군다나 피해 여성이 이곳 주민이 아닌 것을 감안했을 때 아홉 명 모두 용의자로 확정된 것은 아니었다.

하지만 한번 시작된 여론 몰이는 하루아침에 전국 팔도를 강타하여 반 국방부 운동이 벌어지기에 이르렀다.

"국방부는 당장 예비군들을 처형시키고 말도 안 되는 전쟁 놀이를 중단시켜라!"

"중단시켜라! 중단시켜라!"

한번 터져 나오자 마치 봇물이 터지듯 계속 흘러나오는 여론 몰이는 시위대를 점점 더 자극하고 있었다.

여기에 여성 단체와 여초 사이트 등이 법원에 진정서를 제출하고 국방부에 대한 소송까지 준비하고 있었다.

한마디로 국방부는 임무를 잘 수행하다가 뒤통수를 맞고 발이 묶여 버린 셈이다.

시위 현장에 나온 조광수 소장은 이게 바로 대통령이 말해 온 정치인의 무게라는 것을 알 수 있었다.

"과연 이 난관을 어떻게 헤쳐 나갈지 의문이군."

잠시 후, 조광수에게 전령이 당도했다.

척!

"충성! 합동 참모부에서의 전갈입니다!"

"전갈?"

"지금 당장 모든 병력은 그 자리에서 동작을 멈추고 지휘관들은 해당 부대로 복귀하라는 명령입니다."

"…정말 이 사건 하나 때문에 진군이 멈추는 건가?"

조광수는 이 모든 상황이 너무나 절묘하게 돌아가서 누군가 계략을 꾸민 것이라고 생각은 하고 있었지만, 지금으로선 그가 할 수 있는 일이 없었다.

"좋아, 일단 돌아가지."

"예, 장군."

토벌대의 존폐 위기가 피부로 와 닿는 순간이었다.

　　　　　*　　　　*　　　　*

　그날 오후, 자운 화학 회의실에 이사들이 모여들었다.

　국방부의 진군 실패로 인하여 몬스터의 시신은 더 이상 수급할 수 없었고, 1차로 수거한 시신만 대전으로 들어온 실정이었다.

　화수는 지금까지 집계된 몬스터 시신의 숫자를 파악해 나갔다.

　"10등급에서부터 15등급이 모두 30톤, 16에서부터 20까지가 250톤이란 말이지?"

　"잠정 집계입니다. 아마 이보다 대략 두 배가량 더 많을 것으로 사료됩니다."

　"이 정도 양이면 간신히 공장 부지 잔금을 치르고 지금까지 나간 현금을 회수할 수 있겠어."

　"그나마 다행이라고 할 수 있지요."

　군부의 진군이 멈추었다곤 해도 그들의 사업이 완전히 엎어진 것은 아니었다.

　"모아놓은 재료를 전부 다 가공시키고 도매업자 옥션에 전화해서 물건을 보낸다고 말해놓게."

　"예, 대장님."

잠시 후, 회의실 문이 열리며 영업부장 임희성이 들어왔다.

쾅!

"형님, 큰일입니다!"

"무슨 일이냐?"

"지금 몬스터 코어 도매협회에서 우리 물건을 옥션에 올리지 않겠다고 난리입니다!"

"…뭐야?"

"소매상인들도 우리 이름표가 붙은 물건은 사지 않겠다면서 사간 물건마저 반품하는 실정입니다!"

"이런, 빌어먹을?!"

갑자기 도, 소매상인들이 화수의 물건을 취급하지 않게 되면 자금 회수에 심각한 타격을 받게 될 것이다.

지금까지 몬스터 부산물 취급은 생산과 판매가 따로 분리되어 있었기 때문에 제조 회사의 물건을 유통업체가 반품하면 그 타격이 실로 어마어마했다.

대기업들은 자신들이 생산하여 직접 거느리고 있는 하도급 업체들을 통하여 판매하였지만 화수에겐 그들과 같은 판로가 없었다.

한마디로 지금 화수는 자금만 엄청나게 쏟아붓고 뒤통수를 맞은 격이다.

잠시 후, 또 한 번 회의실 문이 열렸다.

쾅!

"대표님! 큰일입니다!"

"이번엔 또 뭔가?"

"일단 TV를 틀어보시지요!"

TV 전원을 켠 화수는 공영방송의 모든 스케줄이 취소되고 전해지는 속보를 접했다.

―속보입니다. 사상 최초로 집권 여당이 대통령을 탄핵하는 탄핵안을 발의시켰습니다. 여, 야는 오늘 오전 대통령의 무능력한 집권이 나라를 망치고 있다고 개탄하며 국회에 탄핵안을 제출하기로 합의했습니다.

화수는 이것이 바로 대통령이 자신에게 말한 상황이라고 생각했다.

'그래, 드디어 시작되려는 모양이군.'

가뜩이나 흉흉해진 민심을 틈타서 대통령이 탄핵이라도 되는 날엔 화수의 미래는 어둠 속으로 빨려들어 갈 수밖에 없을 것이다.

화수가 짐짓 심각한 표정을 짓고 있는 바로 그때, 더욱 놀라운 일이 벌어졌다.

따르르르르릉!

"예, 강화수입니다."

―대표님, 신탄진 야적장입니다!

"무슨 일이죠?"

─물건이 다 사라졌습니다!

"…뭐라고요?"

─가공품은 물론이고 부산물까지 전부 다 사라졌습니다!

화수는 자신의 귀를 의심했다.

"그게 무슨 뚱딴지같은 소리입니까?! 야적장에 있던 물건이
왜 없어져요?!"

─오늘 오후에 서울에서 오기로 한 코어 및 콘크리트 등이
안 와서 이상하다 싶어 물류 회사에 전화를 걸어보니 받지를
않습니다! 아마 반품된 물건을 가지고 어디론가 잠적한 모양
입니다!

"…이런, 빌어먹을!"

─당장 경찰에 신고부터 하시죠!

"알겠습니다."

전화를 넗은 화수는 수먹을 꽉 말아 줘었다.

"그래, 나에게 암투를 신청했다 이거지? 아랫도리 잡고 반성
하도록 만들어주마!"

그의 눈동자에서 불꽃이 튀는 것 같다.

외전
책임

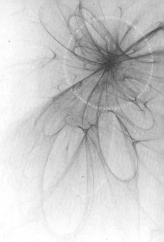

1998년, 지리산 안골 마을.

―헥헥!

~~목줄~~에 붉은색 페인트가 칠해져 있는 사냥개 네 마리가 멧돼지의 흔적을 쫓고 있다.

"아버지, 이쪽인 것 같아요!"

"그래, 알았다!"

장총과 탄알을 매달고 산비탈을 내달리는 부자의 얼굴에 긴장감이 가득하다.

부자는 지리산 안골 마을 인근에 출몰하고 있는 초대형 멧돼지 '차우'를 사살하기 위해 시청에서 고용한 사냥꾼이었다.

아버지는 사냥에 특화된 감각을 지닌 아들을 어려서부터 포수로 키웠으며, 지금은 그 누구에게도 뒤지지 않는 사냥꾼으로 거듭나고 있었다.

"화수야, 아직 멀었냐?!"

"이제 한 50미터? 얼마 안 남았어요!"

"그래, 그럼 준비하자!"

철컥!

아버지는 사냥용 산탄총을, 아들은 라이플을 장전시켜 살며시 차우의 턱밑까지 걸어갔다.

—컹컹, 컹컹!

사냥개 네 마리가 미친 듯이 짖어대는 가운데 수풀을 뚫고 차우가 대가리를 쑤욱 내밀었다.

—꾸웨에에에엑!

"저기 있다!"

아들은 먼저 차우의 머리통을 라이플로 명중시켰다.

타앙!

그러자 차우의 뒤에 서 있던 암컷 멧돼지와 그 새끼들이 아버지를 향해 달려들기 시작했다.

—꾸우엑, 꾸에엑!

철컥, 퍼엉!

산탄총에 목덜미를 맞은 암퇘지가 바닥에 쓰러져 경련을 일으키자 아들은 그 머리에 총을 한 발 박아 넣었다.

　푸슛!

　"명중이군."

　이 난리 중에도 환상의 호흡으로 초대형 맹수로 분류되는 차우를 잡은 부자는 사냥개에게 물을 먹이고 멧돼지의 사체를 개 달구지에 매달았다.

　—헥헥.

　"가자."

　부자는 달구지를 함께 끌며 지리산 안골 마을 회관으로 향했다.

　끼릭, 끼릭!

　아버지는 흐뭇하면서도 어쩐지 씁쓸한 표정으로 아들을 바라보았다.

　"화수야, 힘들지 않냐?"

　"괜찮아요. 제가 좋아서 하는 일인데요."

　"그래도 학교 수업도 제대로 안 마치고 사냥에 끌려 나왔는데 친구들이 뭐라고 안 해?"

　"괜찮아요. 어차피 반 친구들과 별로 친하지도 않은걸요."

　그는 생계 때문에 아들까지 사냥에 끌어들인 것이 못내 속상했다.

지금 화수 나이 대의 학생들은 또래 집단과 함께 여가 활동도 즐기고 공부도 할 텐데 그는 정반대의 생활을 하고 있었다.

사냥이 있는 날엔 어김없이 학교를 조퇴하거나 결석하고 방과 후에도 틈틈이 수렵을 하고 있었다.

다 큰 어른도 힘겨울 이 생활을 아이가 함께한다는 것이 아버지로선 가슴 찢어지는 일이었다.

하지만 아들은 그런 아버지의 마음을 잘 알고 있기에 단 한 번도 불평불만을 해본 적이 없었다.

"정말 괜찮아? 이번 방학엔 동생과 함께 시간을 보내는 것이 어때?"

"제가 집에서 시간을 보내는 것보다 사냥을 하는 것이 연수에게 더 도움이 될 거예요."

"…철이 다 들어버렸구나."

사람이 너무 빨리 철이 든다는 것은 그리 좋은 일만은 아닐 것이다.

세상을 이른 나이에 알아버린 화수는 펜 대신 총과 칼을 잡은 어엿한 사냥꾼으로 자라나고 있었다.

*   *   *

1999년, 화수 부자는 소백산으로 향했다.

부아아앙!

얼마 전에 원동기 면허를 딴 화수는 수렵용 산악 오토바이를 타고 국도를 달리고 있었다.

그는 요즘 하루에 서너 시간도 제대로 못 잘 만큼 바쁜 나날을 보내고 있었다.

최근 5년 사이, 대한민국 국토의 거의 모든 산에서 맹수들의 개체 수가 증가하여 민가에 극심한 피해를 주고 있었다.

가뜩이나 IMF 구제금융으로 인하여 민생고가 극에 달한 시점이었기에 이건 거의 재앙이나 다름없었다.

하루에 보통 네 건으로 두 사람이 대형 멧돼지를 사냥하는 것은 그리 쉬운 일이 아니었다.

하지만 화수 부자는 막내 연수의 병원비와 약값을 마련하느라 쉴 틈도 없이 움직일 수밖에 없었다.

"좀 쉬었다가 갈까?"

"아니요, 괜찮아요."

소백산 초입에 들어선 아버지 정태는 대견하다는 듯 화수의 어깨를 두드렸다.

"그래, 장하구나."

"뭘요. 저보다는 아버지가 더 못 주무시는데요."

그나마 아들 화수는 집에 들어가자마자 뻗어버리는 반면,

아버지 정태는 그날 잡아들인 돼지를 직접 도축하고 가죽을 벗기느라 잠을 잘 시간도 없었다.

아마 그는 모두에게 찾아온 이 금융 위기를 오히려 기회로 삼아 도약의 발판으로 삼으려는 모양이다.

하지만 아들 화수가 보기엔 아버지와 그런 행보가 너무 위험해 보였다.

"오늘 사냥이 끝나면 집에 들어가서 좀 쉬세요. 돼지는 제가 내일 잡을게요."

"아니, 아니다. 넌 네 할 일이 있고 난 내 할 일이 있는 법이지. 넌 집에 돌아가거든 학교 갈 채비부터 하거라."

"하지만 아버지가 너무……."

"이 세상에 힘들지 않은 가장은 없어. 아버지란 원래 그런 거야. 네가 나중에 가장이 되어보면 이 마음을 알 수 있을 거다."

아버지의 발자취를 모두 다 이해하기에 화수는 너무 어렸다.

철컥!

"자, 가자."

"예, 아버지."

화수는 사냥개 빨강이, 파랑이, 노랑이, 직진이를 데리고 산비탈을 오르기 시작했다.

—헥헥!

사람도 이렇게 힘든데 개라고 다를 바가 없다.

"아버지, 개들이 유난히 힘들어하는데요?"

"요즘 과로해서 그럴 거다. 비타민 잘 먹이고 있으니 오늘까
진 버텨주겠지."

주인에 대한 충성심 하나만으로 이 엄청난 강행군을 버티
고 있는 사냥개들이지만, 이놈들도 언제 쓰러질지 알 수가 없
는 상황이었다.

화수는 이렇게 힘든데 사냥팀 누구 하나 쓰러지면 어쩌나
하는 생각에 큰 걱정이 들었다.

'너무 위태로워.'

하지만 그렇다고 힘들다는 말을 입 밖으로 내뱉었다간 아
버지가 괴로워할 것 같아 그냥 입을 다물고 있었다.

잠시 후, 아버지 정태가 지도를 꺼내 방위를 쟀다.

"으음, 이곳이 맞는 것 같군."

"흔적들로 봐선 멧돼지가 아니라 발톱이 달린 고양잇과 맹
수인 것 같은데요?"

"그러게 말이다. 시청에선 분명 차우라고 했는데 말이야."

요즘 들어 멧돼지 사냥이라고 해서 가보면 표범이나 삵, 심
지어는 호랑이가 나오는 경우도 있었다.

한국에선 이미 멸종된 것으로 알려진 이 야생동물들이 어

떻게 다시 모습을 드러내는지 의문이 드는 화수였다.

하지만 이런 맹수들의 먹이사슬 최상위층에 있는 화수로선 오히려 맹수들을 만나는 것이 반갑기까지 했다.

어차피 잡는 데 힘이 드는 것은 마찬가지인데, 그 가죽과 고기를 비싼 값에 팔 수 있다면 차라리 고양잇과 맹수를 잡는 편이 나았다.

"아무튼 오늘은 한 건 제대로 하겠네요. 발바닥이 거의 제 얼굴만 한데요?"

"그러게 말이야."

가만히 발자국을 바라보던 정태가 이내 발걸음을 돌렸다.

"아니다, 그냥 내려가자."

"아버지?"

"이건 우리가 어떻게 할 수 있는 게 아닌 것 같구나."

"하지만 아버지, 이렇게 큰 건수를 놓치면 몇 달은 후회할 거예요. 조금 무리하더라도 오늘 잡고 내일은 쉬는 편이 좋지 않겠어요?"

"돈 욕심도 좋다만, 네가 다치면 사냥이 다 무슨 소용이냐?"

화수는 아버지가 너무 신중하게 행동한다고 생각했다.

"아버지, 다치지 않아요. 아버지가 쓸데없는 걱정을 하시는 것 같은데요."

"아니야, 이대로 강행했다간 너와 내가 모두 다 죽을 수도 있다. 예전에 아버지의 친구 영길이도 시베리아에서 식인 호랑이를 사냥하다가 목숨을 잃었어. 고양잇과 동물들은 멧돼지와는 달라. 영리하며 빠르고 힘도 세지. 아니다 싶으면 빠지는 것이 상책이야."

"그래도 지금 이 건수를 놓치면 올려달라는 전세금 기한을 맞출 수 없을 거예요."

"……"

막내의 약값으로 거의 모든 생활비를 쏟아붓고도 모자라서 버는 족족 병원비에 전액 투자하는 부자에게 내 집 마련은 꿈도 못 꿀 일이었다.

그나마 있는 이 집도 기한이 다 되어서 전셋값을 올려주고 재계약을 해야 할 상황이었다.

화수는 이번 기회에 전셋값도 마련하고 집안에 여윳돈도 마련할 수 있다고 생각했다.

하지만 정태는 끝까지 반대했다.

"그래도 어쩔 수 없어. 불가능한 것엔 애초에 도전하지 않는 것이 상책이란다."

"어떻게 한 번도 부딪쳐 보지 않은 일을 불가능하다고 못을 박을 수 있어요? 이렇게 포기할 수는 없어요."

그는 아버지의 반대를 무릅쓰고 사냥개들을 이끌었다.

"자, 가자!"

─헥헥.

개들은 마지못해 화수의 손에 이끌려 가면서도 정태의 눈치를 살피고 있었다.

아들의 쇠고집에 아버지는 결국 항복하고 말았다.

"…그래, 좋다. 한번 해보자."

"저, 정말요?!"

"하지만 상황이 안 좋아지면 무조건 하산하는 거다. 알겠지?"

"물론이죠!"

부자는 결국 대형 고양잇과 동물을 찾아서 길을 떠났다.

*   *   *

늦은 오후, 이제 슬슬 땅거미가 지려 한다.

정태, 화수 부자는 무려 열 시간 동안이나 산비탈을 뒤졌지만 별다른 소득을 올리지 못했다.

"이제 내려가야 한다. 더 이상 시간이 흐르게 되면 시계를 확보하지 못하게 될 거야."

"하, 하지만……."

"무리하면 위험해. 이번에는 내 말을 들으렴."

화수는 오늘 사냥에 실패한 것을 통탄스러워하고 있었다.

"…조금만 더 빨리 움직일걸. 체력을 비축한다고 조금 더디게 움직인 것이 문제였던 것 같아요."

"사냥에서 체력 비축은 당연한 일이야. 어떻게 체력의 안배도 하지 않으면서 사냥을 하겠어?"

정태는 화수를 다독였다.

"내일 다시 올라오면 될 거야. 이 산에 저놈을 잡을 수 있는 것들이 어디 있겠어? 안 그래?"

"뭐, 그건 그렇죠."

"산장에서 하루 묵은 후에 다시 오면 될 거야. 어서 가자꾸나."

"네, 아버지."

부자는 오늘 사냥을 이만 접고 산비탈 아래에 있는 계곡 산장으로 향하기로 했다.

하지만 바로 그때, 두 사람에게로 거대한 그림자 하나가 다가왔다.

쿵, 쿵, 쿵!

"뭐, 뭐지?"

"쉿, 조용히!"

사냥개들 역시 입을 꾹 다물고 정태의 곁에서 경계 자세를 취하고 있다.

쿵쿵쿵!

지금까지 살면서 이렇게 큰 생명체가 있다는 소리를 들은 적이 없는 화수는 긴장감에 온몸이 딱딱하게 굳는 것 같았다.

"아, 아버지."

"쉿, 조용히. 소리를 냈다간 놈이 이쪽으로 올지도 몰라."

잠시 후, 숨을 죽이고 있던 정태 부자의 앞에 거대한 그림자의 정체가 그 모습을 드러냈다.

―크르르르릉.

"……!"

그들의 앞에 서 있는 것은 거대한 엄니를 가진 호랑이였다.

엄니의 크기가 화수보다 두 배는 족히 큰 이 생명체가 도대체 어떻게 이곳에 있는 것인지 두 눈으로 보고도 의심이 들 정도였다.

"젠장……!"

낮게 으르렁거리는 놈의 눈동자에선 마치 혹한의 냉풍이 몰아치는 것 같았다.

화수는 그 냉풍에 몸이 굳어 숨조차 제대로 쉴 수가 없었다.

"후우, 후우."

"아들, 정신 차려! 지금 정신을 잃으면 우리 모두 죽는 거야!"

정태는 아들 화수를 끌고 산 아래로 도망치기로 했다.

"가자. 이곳에는 나무가 많아서 놈이 우리보다 빨리 달리기는 힘들 거야. 놈이 더 가까이 다가오기 전에 도망치는 것이 좋겠어."

"어, 어."

순간, 딱딱하게 굳은 화수의 숨결이 놈의 시선에 포착되었다.

―크르르릉, 크아아아앙!

"제기랄!"

정태는 화수를 질질 끌다시피 들고 산비탈을 내달리기 시작했다.

"뛰어!"

―컹컹, 헥헥헥!

정체불명의 괴생명체에게 잡아먹힐 위기에 놓인 정태는 미친 듯이 앞만 보고 달렸다.

"허억, 허억, 허억!"

숨이 턱 밑까지 차오르는 바로 그때, 그의 앞에 또 한 마리의 호랑이가 나타났다.

―캬오오오오!

"이런, 빌어먹을!"

이번에 그의 앞에 나타난 호랑이는 아까 낮에 화수가 발견한 그 발자국의 주인인 것 같았다.

하필이면 이럴 때 목표물과 마주치다니, 정태는 당혹감에 어찌할 도리를 찾지 못했다.

"젠장, 뭘 어떻게 해야!"

바로 그때, 정태의 뒤에서 거대 호랑이가 바짝 따라오는 소리가 들렸다.

쿵쿵쿵!

─크아아아아앙!

"……."

순간, 그는 더 이상 어찌할 방도가 없다고 생각했다.

철컥!

"그래, 한 놈만 죽이고 나면 나머지 한 놈은 어떻게 되겠지!"

그는 앞에 있는 호랑이의 목덜미를 산탄총으로 꿰뚫어 버렸다.

퍼엉!

─캬우우웅!

"맛이 어떠냐?!"

─캬아아악!

목덜미에 바람구멍이 난 호랑이는 잠시 비틀거리더니 이내 정태에게로 앞발을 휘둘렀다.

부웅!

퍼억!

"크허억!"

단 일격에 쇄골이 으스러져 버린 그는 마지막으로 산탄총을 장전시켜 머리를 날려 버렸다.

철컥, 퍼엉!

―캬오오오!

"헉, 헉, 헉!"

"아, 아버⋯⋯."

화수는 피를 분수처럼 뿜어내는 아버지를 바라보며 드디어 정신을 차렸다.

"흑흑⋯⋯!"

"화, 화수야, 어서 도망가거라. 어서 가!"

"싫어요! 아버지를 데리고 갈 거예요!"

순간, 정태가 화수의 따귀를 쳤다.

짜악!

"으윽!"

"이 미련한 놈아! 이번에는 이 아비의 말을 좀 들어! 네가 없어지면 누나와 동생, 엄마는 어떻게 할 거야?!"

"흑흑……."

"울지 말고 어서 달려! 남자라면 어떤 것이 더 소중한 것인지 판단할 줄도 알아야 하는 법이다!"

그는 아들에게 지갑을 건넸다.

"자, 받아! 이 안에 인감이 들어 있으니 사용하고."

"……."

"어서, 어서 달려!"

화수는 눈을 질끈 감았다.

"죄송해요!"

가슴이 찢어지는 고통을 안고 내달리는 화수의 눈에선 피눈물이 흐르고 있었다.

그리고 잠시 후, 괴물의 발소리가 멈추었다.

우드득, 우드득!

순간, 화수가 뒤를 돌아보았다.

"…꺼어어어!"

"…아버지!"

그는 괴물에게 산 채로 뜯어 먹히고 있는 아버지를 보았다.

하지만 아버지는 그 순간에도 미소를 짓고 있었다.

'꼭 내 몫까지 살아다오!'

화수는 영혼이 반쯤 나간 상태로 산비탈을 내려갔다.

　　　　　　*　　　　　*　　　　　*

　대전 충남대학교 장례식장 안.

　땡땡땡!

　화수는 나란히 서 있는 부모님의 영정 사진을 바라보고 있다.

　"……"

　"…괜찮아?"

　그는 동네 친구 영아의 조문에도 입을 열 수 없어 고개만 끄덕였다.

　화수가 아버지를 잃고 산에서 내려왔을 무렵, 그의 어머니는 공장이 폭발하는 바람에 불과 함께 산화했다.

　산 중턱에 있던 피혁 정제 공장에서 의문의 화재 사고가 나서 공장이 폭발한 것이다.

　그는 두 눈을 똑바로 뜨고 영정 사진을 바라보고 있으면서도 이 광경을 도저히 이해할 수가 없었다.

　그는 영아에게 말했다.

　"언젠가 네가 나에게 신을 믿느냐고 물었지?"

　"…그랬지."

　"씨발, 난 이제 신이 있다고 해도 안 믿어."

"화수야……."

화수는 아버지의 마지막 모습을 도저히 잊을 수가 없었다.

그는 끝내 무너지고 말았다.

"흑흑, 내 잘못이야! 내가 아버지를 죽인 거야!"

"화, 화수야……."

그의 통곡이 장례식장을 가득 채우고 있다.

＊ ＊ ＊

2001년 봄, 화수는 특수전 사령부 특기 부사관으로 입대하였다.

신체검사를 마치고 증평 특전사 훈련소에서 훈련을 마친 화수는 자대 배치를 앞두고 있었다.

"일동, 차렷!"

촤락!

"단결!"

"단결."

다섯 명의 부사관 후보생이 소령 계급장을 단 남자를 바라보았다.

그는 짧게 물었다.

"이곳에 총을 좀 쏘는 놈이 있다고 하던데?"

"예, 그렇습니다!"

최성수 대령은 화수에게로 다가와 몬스터 '샤벨 타이거'의 사진을 보여주며 말했다.

"이게 뭐 하는 놈인지 알고 있나?"

"……."

"다시 묻겠다. 알고 있나?"

"…1999년에 소백산 일대에서 처음 발견되었습니다."

"주식은?"

"인육입니다."

"그래, 잘 알고 있군."

최성수는 화수에게 치우천왕이 그려진 부대 마크를 건넸다.

"이런 야수들을 잡는 부대다. 들어올 의향이 있나?"

"예, 그렇습니다!"

"목숨을 잃을 수도 있고 알아주는 사람도 없다. 그래도 할 텐가?"

"이미 국가에 몸을 바치기 위해 입대한 사람입니다. 그런 것은 문제가 되지 않습니다!"

"이미 정신 개조가 되었군."

그는 화수의 가슴에 백금으로 된 브로치를 매달아주었다.

"이제부터 자네는 야차 중대의 일원일세. 닥치는 대로 죽이고 묻어버리는 것이 우리의 임무지. 정말 괜찮겠나?"

"예, 그렇습니다!"

"좋아, 그렇다면 자네의 주특기인 저격 훈련을 마치고 난 후에 스쿠바, 할로, 침투, 경계, 폭파 등의 훈련을 추가로 받고 곧장 자대로 돌아올 수 있도록."

"예, 알겠습니다!"

"아 참, 그리고 하나 명심할 것이 있어."

"……?"

"우리는 최정예만 선발한다. 만약 훈련에서 올 S등급을 맞지 못하면 자네는 실격이야. 명심하도록."

"예, 알겠습니다!"

그의 눈동자는 이미 야수를 잡아먹는 야차로 변해가고 있었다.

＊　　　　＊　　　　＊

늦은 밤, 비가 내리고 있다.

솨아아아아!

화수는 고즈넉한 분위기의 정자에 걸터앉아 홀로 막걸리를 마시고 있었다.

"꿀꺽! 후우, 좀 살 것 같군."

그는 이렇게 비가 내리는 날이면 항상 막걸리를 마시던 아버지가 생각났다.

'잘 계시죠?'

자신의 잘못으로 세상을 떠난 아버지가 오늘따라 너무 보고 싶어서 가슴이 아파왔다.

하지만 이제 그에겐 가장이라는 새로운 마음의 짐이 생겼다.

그는 가장의 무게를 느끼며 이제야 아버지를 조금씩 이해해 나가는 중이다.

화수는 아마 자신이 아이를 낳아서 똑같은 상황에 처하게 된다면 아마 비슷한 소리를 하지 않을까 하고 생각했다.

그는 술잔에 다시 술을 가득 따라서 바닥에 뿌렸다.

촤락!

그리고 난 후 다시 한 잔을 채워 자신이 마셨다.

"한잔하시니까 좋죠? 저도 좋아요."

살아 계신 아버지와 술잔을 기울일 수 없으니 땅에 고수레 하는 심정으로 술을 마시고 있는 것이다.

그는 굳이 자신이 아버지를 보냈다는 죄책감을 지우려 하지 않았다.

다만 아버지의 발자취를 따르면서 서서히 그를 닮아가고 유언을 실천하는 것이 마땅하다고 생각할 뿐이다.

"후우, 한 잔 더 할까?"

화수는 빗소리를 안주 삼아 또 한 잔 술을 넘겼다.

　『현대 천마록』 3권에 계속…

강준현 장편소설
FUSION FANTASTIC STORY
인생을 바꿔라
『복수의 길』, 『개척자』 강준현 작가의
2016년 신작!
자신이 무엇인지 알지 못하는 정신체, 염.
세상을 떠돌며 사람의 몸속으로 들어가
에너지를 얻고 나오길 반복하던 어느 날.
사고로 인한 하반신 마비, 애인의 이별 선언,
삶에 지쳐 자살하려는 김철의 몸에 들어가게 되는데……
"뭐, 뭐야! 아직도 못 벗어났단 말이야?"
새로운 삶을 살리라,
정처 없이 떠돌던 그의 인생 개척이 시작된다!
"어떤 삶인지 궁금하다고? 그럼 한번 따라와 봐."
Book Publishing CHUNGEORAM
유행이 아닌 자유추구
WWW.chungeoram.com

궁 극 의 쉐 프
Ultimate chef

가프 장편소설

FUSION FANTASTIC STORY

태초의 우물에서 찾은 사막의 기적.
사람의 식성과 식욕을 색으로 읽어내는 능력은
요리의 차원을 한 단계 드높인다.

『궁극의 쉐프』

요리란!
접시 위에 자신의 모든 것을 담아내는 것.

쉐프란!
그 요리에 자신의 가치를 증명하는 사람.

"요리 하나로 사람의 운명도 좌우할 수 있습니다."

혀를 위한 요리가 아닌, 마음을 돌보는 요리를 꿈꾸는
궁극의 쉐프 손장태의 여정이 시작된다!

철순 장편소설
FUSION FANTASTIC STORY

괴물 포식자

지구 곳곳에 나타난 차원의 균열.
그것은 인류에게 종말을 고하는 신호탄이었다.

『괴물 포식자』

괴물을 먹어치우며 성장한 지구 최강의 사내, 신혁돈.
그는 자신의 힘을 두려워한 인류에 의해
인류의 배신자라는 낙인이 찍히고 죽게 되는데…

[잠식이 100%에 달했습니다.]
[히든 피스! 잠들어 있던 피닉스의 심장이 깨어납니다.]

불사의 괴물, 피닉스의 심장은
신혁돈을 15년 전으로 회귀하게 한다.

먹어라! 그리고 강해져라!
괴물 포식자 신혁돈의 전설이 시작된다!

Book Publishing CHUNGEORAM

유행이 아닌 자유추구 -
WWW.chungeoram.com